土方洋一

研究室は今日も上天気

卒業生と作るホームページ

青簡舎

『研究室は今日も上天気』縁起　―「まえがき」に代えて―

ある晴れた日に、十階の研究室の窓からぼんやり六本木ヒルズ方面の空を眺めていて、ふとゼミの卒業生に向けた「研究室通信」のようなものを書いてみたらどうかと思いつきました。ゼミ生にとってこの研究室は、勉強する場所だというだけでなく、「お茶の間」でもあるので、卒業してからもなつかしく思い出してくれる人がいるようです。そんな彼らとつながりを持ち続ける手段があれば有意義だろうと思ったのです。

今から十二年ほど前のことです。

そこでとりあえずホームページを立ち上げて、数日ごとに大学や僕の「近況」と「研究室だより」をアップすることを始めました。「研究室だより」は、在籍している大学院生に交替で書いてもらうことにしました。「談話室」というスレッドもつけて、卒業生諸君からの感想や近況も書き込んでもらえるようにしました。

それだけではすぐに見てもらえなくなりそうなので（笑）、読み物風のコンテンツがあったほうがいいかと思い、一か月に一度ぐらいの頻度で、エッセイ風の短い文章を書くことにしました。「エッセイ」は一回分がだいたい四百字詰原稿用紙十二枚から十五枚くらい、専門的な話題は避けて、自分の趣味に関わることや思い出話風のものを中心に、気ままに書き流しています（そうしないと続かない）。いちおうの方針としては、毎月音楽の話というような同種の話題が続くことはなるべく避け、バラエティを持たせるように務めたつもりです。と言っても、そもそも文学や音楽や映画など、狭い範囲のことにしか関心がない人間なので、結局似たような話題が続くのですが。

この短い気ままな文章がかなり溜まったので、このたびその一部をピックアップしてエッセイ風の小文集にまとめることになりました。

巻末に一部をセレクトして付けた「最近読んだ本」と「最近聴いたディスク」は、ホームページのコンテンツの一部として入れたもので、これも気ままに「こんなの読んで（聴いて）面白かったよ」という短いコメントを折に触れて書いたものです。こちらも気分としては、「卒業生にお勧めのもの」という気持ちで書います。

これ、ずっと続けているのはけっこう大変なんですが、卒業生がメールで感想を送ってくれたり、書き込みをしてくれたり、反応があるととてもうれしい。卒業して社会人になると、現実にはなかなか会えないけれど、こんな形でつながっている感が保てるところが気に入っています。

卒業したあとも、研究室を訪ねてくれるゼミ生が大勢います。彼らはみんな、部屋に入ってくるなり、「何も変わってない！」と叫び声を挙げます。卒業してから十年以上も経つ人でも、やっぱり

「何も変わってない！」と驚いているようです。半ばはあきれているんでしょうが、半分ぐらいはうれしい気持ちもあるみたいです。

何もかもがどんどん変わっていく今の世の中、一つぐらい全然変わらない場所があっても良いでしょう。卒業生が訪ねてくれたとき、研究室が昔のままなら、そこで過ごしていた学生時代の自分に戻れるはずです。何かがあってへこんだとき、迷いが生じたとき、研究室にやってきて、しばらくぼんやり過ごして帰っていく卒業生もいます。研究室は変わらないことで、卒業生に対しても何らかの役目を果たしているのかなと思ったりもしています。

そんなわけで、学生諸君、卒業生諸君と楽しく交流しつつ、ずいぶん長い時間が経ちました。その間に、「教育」なんかする必要はなく、ただ彼らと触れあったり居場所を提供することが僕の役割なのだと、僕自身も気づくようになりました。僕は、「ひじ研」という「ネヴァーランド」の管理人なのだ。

これは、そんな「ひじ研」の雰囲気がつまっている本です。

研究室は今日も上天気　目次

エッセイ

世界に冠たるドイツよ　*2004.6*

（「ドイッチュラント・ユーバー・アレス」改題）

このごろは、輸入盤のＣＤが驚くほど安い。ワーグナーの『ニーベルンクの指輪』全曲が、ＣＤ十八枚だかで二〇〇〇円しないなどというのは、ちょっと考え込んでしまうけれど、まあ安いのはいいことだ。

過日、やはり輸入盤で、カール・シューリヒトが指揮したモーツァルトの『レクイエム』、ブラームスの『ドイツ・レクイエム』、マーラーの『大地の歌』という三枚組で一九八〇円というのを見つけた。シューリヒト（一八八〇〜一九六七）は僕のお気に入りの指揮者なので、正規録音ではなく音は悪そうだが、値段につられて買ってみた。

家に帰って、一番録音が古く音が悪そうなマーラーから聴くことにした。一九三九年十月の録音、コンセルトヘボウ・オルケストとあるから、アムステルダム・コンセルトヘボウ管弦楽団を指揮した放送用ライヴ録音だ（コンセルトヘボウは十九世紀に建てられた名コンサート・ホールで、ここを本拠地とするオーケストラもその名で呼ばれる）。聴き始めると、予想した通り録音はよくないが、シューリヒトらしい早めのテンポの中に豊かなニュアンスが込められた演奏で、オーケストラも充実している。ブルーノ・ワルターやレナード・バーンスタインのように、同じユダヤ系の血の共感を前面に押し出した演奏ではないが、この曲の持っているユダヤ教的な世界観も十分に表現されている。

一九三九年といえば、ヨーロッパではナチスが猛威を振るっていた時代だが、よく知られているように、ナチス政権下のドイツでは、メンデルスゾーンやマーラーなどユダヤ系の作曲家の音楽は演奏することが禁じられていた。その時代のアムステルダムでこのようなマーラー演奏ができたとはと、不思議な思いにとらわれながら聴き進むうちに、終楽章の「告別」も半ばを過ぎたあたりで、奇妙なことが起こった。演奏のさなかに、女性がスピーチするような声が混入しているのだ。独唱者の声ではない（このときのメゾ・ソプラノはキルステン・トルボルク）。無線や他局の音が混入しているのでもない。確かに演奏会場で拾われた音で、その声がしたあと客席がざわめく様子も収録されているように感じられる。これはいったい何だ？　そのときになってやっと、僕はそれがあの有名なエピソードの実況であることに気がついた。

一九三九年十月五日、その日は一九三九年から翌年にかけてのシーズンのオープニングにあたる演奏会であったが、コンセルトヘボウの音楽監督ウィレム・メンゲルベルクが急病のため、直前になってシューリヒトがこの曲を振ることになった。演奏は無事に進み、最終楽章、メゾ・ソプラノが、

彼は馬より降り、男に別れの杯を差し出だせり、いずこへ行くぞ。（中略）男はくもりたる声もて答へぬ。友よ、現世は我に幸ひを恵まざりき！（渡辺護訳）

と歌いだす直前に、客席にいた一人の女性が立ち上がり、「ドイッチュラント・ユーバー・アレス、ヘル・シューリヒト（世界に冠たるドイツですよ、ミスター・シューリヒト）」と叫んで出て行ったという。この女性は親ナチス的な思想の持ち主で、マーラーのあまりにユダヤ的な音楽に耐えかねて、演奏中に抗議の声を上げて退場したのだ、というのが普通言われている解釈である。このときの演奏会は録音されていたので、すでに何回かCD化もされているはずだが、僕が入手したのがまさにその日の録音だということに、聴いてみるまで気づかなかったのだ。

一九三九年十月とはどういう時期だったのか。ほんの一ヶ月ほど前の九月一日にナチス・ドイツはポーランドに侵攻し、イギリスとフランスはドイツに対して宣戦を布告した。オランダはこの時点では中立を宣言していたが、英仏とドイツにはさまれたオランダが極めて緊迫した状況に置かれていたことは確かである。オランダがドイツに占領されるのは翌年のことだ。すでに国内には、親ナチスの立場をとる人々も大勢いたのだろう。また、そうしたナチスの振る舞いに眉をひそめる人々も大勢いたのだろう。そういうぴりぴりした状況の下で、この演奏会は行なわれた。

このとき会場で声を上げた女性が、親ナチス的な立場の人だったことは間違いないだろう。ただ、以前ものの本で読んだ記憶では、このとき一人の若い女性が立ち上がって、「ドイッチュラント・ユーバー・アレス！」と叫んだということになっていたが、実際に聴いた印象では、「叫んだ」というようなものではなく、冷静にたしなめるというような口調に聴こえる。その物言いのなかには、むしろ知的な響きすら感じられるのだが、それが逆にいっそう恐ろしい。

一九三九年のアムステルダムに思いを馳せているうちに、アンネ・フランクのことを思い出した。後にわずか十五歳でベルゲン・ベルゼンの収容所で命を落とし、「ヒットラーのもっとも有名な犠牲者」となるアンネは、このときには十歳ぐらいの少女で、この町で生活していたはずである。『大地の歌』事件が起こったこのころ、アンネがどのような生活をしていたのかが知りたくなったが、有名な『日記』は一九四二年から書き始められているので、『日記』を資料にすることはできない。そこでふと思いついたのが、ミープ・ヒースの回想録の存在だ。ミープ・ヒースはアンネの父オットー・フランクの下で働いていた女性で、隠れ家で生活することになったフランク一家を精神的にも物質的にも支援し、一家が連行された後には、床に散乱していたアンネの手稿を回収して保存した人だ。『思い出のアンネ・フランク』と題された、ミープ・ヒースの回想（ジャーナリスト、アリスン・レスリー・コールドとの共著の形をとっている）を、書庫から探し出してきた。一応編年的に書かれてはいるが、いちいち出来事の日付が施してあるわけではないこの回想から、一九三八年から一九三九年ごろにかけてのアンネの姿が描写されている箇所を抜き出してみよう。

九つになったアンネは、はっきりした個性をあらわしはじめていた。血色はよくなり、もどかしげに、早口にしゃべった。声はかんだかく、せきこむようだった。

話に聞くと、アンネは学校劇に出るのが大好きということだった。また、たくさんの学校友達について話してくれたが、それを聞くと、ひとりひとりが彼女の最大の、そして唯一の親友のように聞こえた。明らかに、仲間とにぎやかに騒ぐのが好きなようだった。

ときには、そうして出てゆくとき、マルゴー（アンネの姉）とアンネとが新鮮な空気に頬を上気させ、頑丈な黒塗りの自転車を漕いで戻ってくるのにぶつかりそうになることもある。ふたりは、玄関前のポーチの手すりに自転車を立てかけると、階段を駆けあがってゆく。

ミープ・ヒースと恋人のヘンクとはどちらもモーツァルトの愛好者で、『フルートとハープのための協奏曲』が大好きだったと記されている。二人でコンサートにも行ったと書かれているから、コンセルトヘボウのコンサート・ホールにも足を運んだことがあるだろう。アンネ自身は、コンセルトヘボウでこのオーケストラを聴いたことがあったのだろうか。

ミープ・ヒースの回想録の中に、もうひとつ僕の記憶に残ったエピソードがある。

一九三八年のある夜、ミープの家に一人の訪問者があった。「私と同年配の、輝くような金髪の女性で、とろけんばかりの微笑を浮かべていた」。彼女の訪問の目的は、ナチ女子青年団への加入を勧誘するためであった。この団体の理念は、私たちの総統、アドルフ・ヒットラーの掲げる理想を実現することであり、今現在、ヨーロッパ中に私たちのと同じような団体が次々に設立されている、そう言って彼女はミープを勧誘する。しかし、「とろけるような笑みにまぶした砂糖は、私が勧誘を断ると、たちまちはがれ落ちた」。

「でも、なぜなの？」失望の面持ちで、彼女はなじった。

「どうしてそんな団体に加入できるものですか」私（ミープ）は冷ややかに言い返した。「ドイツ人がドイツ在住のユダヤ人にどんな仕打ちをしているか、見てごらんなさい」。目が細められ、その目がまじまじと私の顔を凝視した。まるで、私の顔のあらゆる特徴を見覚えておこうとするようだった。

マーラーの『大地の歌』の演奏中に立ち上がって、「ドイッチュラント・ユーバー・アレス、ヘル・シューリヒト」と言った女性の声が、僕の中で、この夜ミープのもとを訪れた「輝くような金髪の若い女性」の姿と重なった。

＊追記　ミープ・ヒースは、二〇一〇年、百歳で逝去した。

小磯良平、そしてフェルメール　2004.6

世田谷美術館へ小磯良平展を見に行った。小磯良平は、一九七一年に神戸近代美術館での大がかりな展観を見て以来、大好きな画家なのだ。特に彼の描く女性の肖像画には、格別な魅力がある。絵画は小説や音楽と違って、世界にただ一枚しかないその作品の前に立たないと本当に鑑賞したとはいえない芸術である。だから、どこかで常時展示されている場合は別にして、どんなに好きな作品でも、なかなか実物と対面できないのが現実である。今回、久しぶりに小磯作品の前に立ってみて、いろいろなことを感じたのだが、もっとも強く感じたのは、神戸出身の小磯が描いている女性はみな、昔の阪神間の上流階級の女性の顔だなということだった。

今では充実した交通網、情報網のせいで、日本全国の地方文化が平準化されてしまったが、昭和三十年代ぐらいまでは、東の文化と西の文化との間にはかなり大きな違いがあった。それはことばの違いだけでなく、文化の全般にわたる大きな相違なので、東京に生まれ育った人が就職して大阪勤務になったりすると、今で言えば海外勤務に当たるぐらいの大きなカルチュア・ショックを覚悟しなければならなかった。

東と西での女性の顔立ちや発声の違いは、大正の末年に関西へ移住した谷崎潤一郎などもさかんに書いているが、僕も一九六八年から一九七三年にかけて神戸に住んでいたので、当時はすでにずいぶんその差が小さくなっていたとはいえ、東と西の文化の違いについては痛感させられた経験がある。
　小磯良平が描く女性の肖像、たとえば代表作のひとつである「T嬢の像」（一九二六年）に描かれている女性の容姿には、阪神地域の育ちのよいお嬢様の雰囲気が感じられる。僕のつたない筆ではとうてい描写できないが、小柄で華奢な身体の作り、色白できめの細かい肌、引き締まった小さな口元、くつろいだ姿勢ながら背筋はすっと伸びている様子など、その全体の雰囲気に、個性ということばはふさわしくない、長い間受け継がれてきた文化の中で育ってきた女性の持つ輪郭の鮮明さとでもいったものが感じられる。高い教養を身につけているが、知性が圭角となって現れてこない、やわらかさ、控えめさがある。

小磯良平「T嬢の像」
（『小磯良平画像Ⅰ』1978年、求龍堂）

　そのような女性の持つ雰囲気は、自然に谷崎潤一郎の『細雪』に登場する蒔岡家の姉妹、特に三女の雪子を連想させる。雪子のモデルは、谷崎夫人松子のすぐ下の妹で、船場の裕福な家庭の御寮人様《ごりょんさん》として育った女性である。雪子は日本風の美人で、「細面の、なよなよとした痩形」と描写されており、電話の応対にも出られないような引っ込み思案だが、芯にとても強いところのある女性として描かれている。谷崎は、雪子をひとつの文化を体現する女性として描いているのだが、阪神間の女性らしさというのは、単に容姿だけのことではなく、表情や着こなし、化粧、仕草、振る舞いなどが渾然一体になった結果としてにじみ出る雰囲気のようなものだろう。そしてそれは一代の工夫によって出来上がるものではなく、長い間の生活文化の蓄積がもたらしたものなのである。小磯画伯の作品には、そうした人格から発散する雰囲気のようなものまでが写し出されていて、そこが大きな魅力となっている。

今回出展されていた作品の中に、一群のバレリーナを描いた「練習場の踊り子たち」（一九三八年）という大作があった。この作品でとりわけ印象的なのは、光線の処理の仕方である。さほど明るくはない室内の場面だが、左上方からやや強い光が差し込んでおり、踊り子たちの姿態や骨格が立体的に強調されて浮かび上がっている。画面左手のうつむいて手を前に組み合わせている踊り子は、胸元が暗くなって、左の肩先あたりに強い光が当たっている。一方、画面右手の半ばこちらに背を向けている踊り子は、背中一面に強い光を浴びており、肩甲骨に沿って濃い影が浮かび上がっている。

そのような光線の処理の仕方によって、若い女性の姿態のしなやかさと骨格の力強さが見事に表現されているのだが、その光の扱いとマチエールの立体感に感心して眺めているうちに、僕は「光の画家」フェルメールのことを思い出していた。

フェルメールは十七世紀オランダで活躍した画家だが、生前は一地方画家に過ぎず、国際的に評価が高まったのは十九世紀の半ば頃かららしい（小林頼子『フェルメールの世界』）。その現存する作品が極端に少ないせいもあって、現在ではほとんど神格化されているといってもよいほどだ。

フェルメールの魅力は、柔らかな光の中に浮かび上がる人物や風景の持つ静謐感、ゆったりとした時間の流れの中のある一瞬を魔法によって封じ込めたような、宗教的とも言える荘厳さにあるだろう。

近代西欧世界において、絵画という芸術は、基本的にある視点から対象を捉え、これを写し取る技術を意味した。そこでは、対象物を捉える視点と、それによって捉えられる対象物の見え方が作品の構図を規定する基本要素となる。やがて、対象そのものを写すところから、見るものと対象との間に介在する目に見えないもの、光や空気を表現することに画家たちの関心がシフトしていき、それがロマン主義の時代のイギリスやフランスの絵画の大きな特徴となる。とりわけ、フランスの画家スーラらが生み出した点描主義《ポワンテイリズム》などになると、対象は無数の色彩の点に微分化され、それらの点の集合としての景観の〈見え方〉が主要な関心事になってゆく。

西欧絵画における写実の傾向が、主体（subject）と客体（object）とを述語を介して対立的な関係におく西欧語の文法構造に由来するものであり、それゆえにそれが西欧の人間にとっての基本的な思考パターンとなっていたとすれば、ロマン主義の時代に対象（object）という発想自体が希薄になってゆくということは、西欧の人々の思考のパターンに何か根本的な変革が生じつつあったということを意味しているはずだ。

これは大きな問題だからまた追い追い考えていきたいが、ロマン主義的な発想が西欧の人々の美意識の中核を占めるようになった時代に、半ば忘れられていたフェルメールがディスカバーされ、美術史に残る巨匠としての評価を確立していったことには、ある種の必然性が感じられる。

フェルメールの作品は写実的だが、対象そのものを客観的に捉えようとするような写実ではない。フェルメールの関心は、対象の背後にある永遠の時間の流れの方に向けられている。簡単に言ってしまうと、彼は目に見えるものを通して、目に見えないものを写し取ろうとしたのだ。そのような制作の姿勢は、十七世紀という時代にあっては極めて例外的なものだったのだろう。

フェルメールの魅力を鮮やかに伝える文章として有名なのが、マルセル・プルーストの『失われた時を求めて』のなかに出てくる挿話である。フェルメールが郷里のデルフトの川辺から見た風景を描いた「デルフトの眺望」（一六六〇年頃）という傑作があるが、この絵にまつわる逸話である。『失われた時』の語り手「私」が子供の頃から愛読し、社交界に出入りするようになってから親しく付き合うようになるベルゴットという作家がいる。第五巻「囚われの女」の中で、ベルゴットは体調が悪いのを押して、オランダ展に出展されていた「デルフトの眺望」を見に行き、その絵を見ながら倒れて死ぬのである。

彼の記憶ではもっとはなやかな、彼の知っているあらゆるものとかけ離れた絵のはずだったが、
それでも批評家の文章のおかげで彼ははじめて青い小さな人物たちに気づき、砂がバラ色である

ことを認め、最後にちょっぴり顔を出している黄色い壁の貴重なマチエールを発見した。彼のめまいは徐々に増大した。彼は目をすえて、ちょうど子供が黄色いチョウをとらえようと目をこらすように、この貴重な小さな壁を眺めた。「こんなふうに書かなくちゃいけなかったんだ」と彼はつぶやいた。「おれの最近の作品はみんなかさかさしすぎている。この小さな黄色い壁のように絵具をいくつも積み上げて、文章そのものに価値を与えなければいけなかったんだ」しかしながら、ひどいめまいは彼をとらえて離さなかった。彼の脳裏には、天上の秤の一方の皿にのっている自分の生命があらわれ、それに対してもう一つの皿には黄色にみごとに描かれた小さな壁がのっていた。彼は自分が軽率にも、後者のために生命を犠牲にしたように感じた。（中略）「庇のついた黄色い小さな壁、黄色い小さな壁」そうつぶやきながら彼はまるいソファにくずれ落ちた。

（鈴木道彦訳）

ベルゴットが魅了された「黄色い小さな壁」とは、この絵の右手奥にちらっと見えている建物の壁のことである。手前の川沿いの建物がやや雲の陰になっていて、その奥の建物のほうに日差しが当たっているので、その小さく区切られた黄色っぽい壁面が輝くような明るさを帯びて描かれている。このかなり向こうにちらっと見えているだけの建造物の持つ質感には、確かに気が遠くなるような美しさが凝縮されている。この風景画全体の構図などについて述べるのではなく、画面の片隅の、区切られた小さな壁の描かれ方に凝縮された美を見出したところは、さすがに審美家プルーストの慧眼だろう。

人間の肉体、生命は有限である。しかしその有限な人生の中で、永遠につながる扉を開けるように、不朽の美を創造して去ってゆく人間がいる。そのような生き方にあこがれ、ただ生き長らえることよりも、生命を超越した美を創造することに賭けようとするタイプの人間もいる。プルーストもまた、そのようなタイプの人間だったのだろう。

フェルメールの「デルフトの眺望」を前にした作家ベルゴットは、同じ芸術家としてあのように仕事をすべきだったという悔恨にさいなまれながら死んでゆく。そこには、残り少なくなった時間を意識したプルースト自身の怯えを読み取ることができるだろう。

「いとし・こいし」の時代

2004.7

上方漫才の重鎮、夢路いとし・喜味こいしの、いとし師匠が七十八歳で亡くなった。いとし・こいしの漫才がもう聞けないと思うと寂しい。

亡くなったからいうわけではないが、上方漫才の歴史を語る上で、いとし・こいしの漫才は重要な位置を占めていると、以前からひそかに思っていた。エンタツ・アチャコの漫才を論じる人は多いし、やすし・きよし以降の、マンザイ・ブームから現在にかけての上方漫才の変質を語る人もいる。しかし、いとし・こいしの漫才の重要性を語る人は、これまであまりいなかったのではないだろうか。

進行役のツッコミと、笑わせ役のボケのからみで成り立つ近代のしゃべくり漫才の型は、エンタツ・アチャコによって確立されたとされている。横山エンタツ・花菱アチャコのコンビは、昭和五年に結成され爆発的な人気を呼んだが、昭和九年、アチャコ師が中耳炎にかかってその治療が長引いたため、エンタツ師の意向でコンビ別れをしたといわれている。僕らの世代はもちろん直接にはエンタツ・アチャコの漫才を知らないわけだが、何となく知っているような気がするのは、戦後、テレビの時代になってから二人が出演する番組を目にする機会があったからだろうし、二人が出演している映画などにも接しているからだろう（高座でのコンビを解消した後も、そのようなイレギュラーな形での仕事は長く続けていた）。ＳＰ録音も残っているが、これは正直あまりおもしろいものではない。時間的な制約があって、どうしても台本の読み合わせみたいになってしまうのだ。しかし、二人の漫才がどのような型を持っていたのかはわかる。

「やあ、しばらくやったなあ」「どないしててん」というようなやりとりで始まることでわかるように、大人の男同士の道端での立ち話なのだ。そういえば、二人とも背広を着て漫才をやったのはエンタツ・アチャコが最初だそうで、それ以前の漫才は羽織袴で楽器を手にして語るような、三河万歳の系譜にある一種の芸能という性格が強かったらしい。背広を着た大人の男二人が日常の会話を始める形は、それ自体漫才として画期的なスタイルだったのだろう。

エンタツ・アチャコは、お互いに「君」と「僕」で会話をする。多くがサラリーマン化しつつあった大阪の大衆は、芸人という特殊な生き物ではなく、いわば自分たちと同じような暮らしをしている仲間としてエンタツ・アチャコの漫才を受け入れ、支持したのだろう。近代の話芸としての漫才はここから始まる。

戦後復活した上方のお笑いの中で、いち早く全国区になったのは中田ダイマル・ラケットだったと思う。ダイラケの漫才は、基本的にエンタツ・アチャコが生み出した型の延長線上にあり、兄ダイマルの飄々としたボケに弟ラケットの野趣のあるツッコミが絡む呼吸は、エンタツ・アチャコとはまたひと味違った洗練を示していた（いとし・こいしもそうだが、兄弟漫才の場合、たいてい兄がボケ役で弟がツッコミである。その方がバランスがとれるのだろう）。さらにテレビの放映が始まると、「スチャラカ社員」（昭和三十六年放映開始）など、大阪をキー・ステーションに全国ネットで放映された喜劇で、ダイラケの名前は広く知られるようになった。

「スチャラカ社員」は会社のオフィスが舞台で、ダイラケその他の喜劇人はその会社の社員、そこへ変な来客があってオフィスは大混乱といったようなギャグが毎週繰り広げられた。こうしたテレビ番組を通じて形成された、普通に働く会社員の中の変な奴、というイメージが、二人の高座にも跳ね返って、高度成長期に入る頃の大衆に支持されたという面があるだろう。オフィスを舞台に繰り広げられる事件は、だいたいがドタバタのお笑いなのだが、そのなかでダイラケら社員たちは、現実にはあり得ないような失策を繰り返しながら、結局最後には相手の社長に気に入られて契約をとることに成功するなど、めでたしめでたしで終わることが多かった。このパターンは、当時人気絶頂だったクレージー・キャッツの面々が出演する映画などにも共通するパターンで、トリックスター的な存在のもつバイタリティが会社（社会？）にとってプラスに作用するというのが、高度成長期の笑いに共通するパターンだったことがわかる。

わがいとし・こいし両師は、そのダイラケに続いて全国区のスターになった上方漫才の旗手だった。いとし・こいしの場合も、高座の芸人であるにとどまらず、全国区の人気者になるに際しては、テレビの存在が大きかったと思う。記憶に強く残っているのは、二人が「がっちり買いまショー」という番組の司会進行役を長く務めていたことだ（昭和三十八年放映開始）。この番組は、抽選で当たった素人の家族やカップルが、短い時間内にスタジオに置いてある商品を次々に買っていって、購入した品物の値段の合計が決められた範囲内に収まっていればそのままもらえるが、額が少なすぎたり多すぎたりすると没収されるというものだった。確か一万円、三万円、五万円の三つのコースがあり（その後値上げされたはず）、五万円コースが当たると、大型家電製品が、たとえばテレビと電気冷蔵庫というように、複数買えたような記憶がある。そしてまた、けっこう年配の家庭でも、こうした家電製品を全部持っているわけではなく、何か長年欲しいと思っている品物があって、それを目当てに応募していたのではなかったかしら。今から振り返ると、平均的な日本人の家庭がまだそれほど豊かではなかった時代だったのだ。その分、今より夢があったような気もするけれど。

夢路いとし（右）・喜味こいし（左）

これが射幸的な嫌らしい番組にならなかったのは、買い物をする家族をそれとなくサポートしながら番組を進行するいとし・こいし両師の温かいキャラクターによるところが大きかったと思う。「一万円三万円五万円、運命の分かれ道！」というフレーズで始まる、早口言葉のようないとし師による買い物開始の合図は、殺気立っている買い物客の気持ちをずいぶんと和らげていたし、商品の間を客の後について回りながら、もう終わりにしようかとためらいを見せる客に対しては、長年番組で培われた勘を生かして「もうちょい、いけるんちゃいますかな」などとつぶやいて、アドバイスするお二人の雰囲気が実によかった。

彼らの漫才の話をするのが後回しになってしまった。いとし・こいしの漫才も、エンタツ・アチャコ以来の近代漫才の型に則って成立している。しかし、いとし・こいしの漫才には、おそらくそれ以前の漫才コンビにはなかっただろう特別な瞬間がある。かれらの古典となったネタ、たとえば「交通巡査」でも「ジンギスカン料理」でもなんでもいいのだが、物わかりの悪いいとしに対して、こいしが大汗をかいて何かを訊いたり説明したりというパターンのものが多い。常識的に話を進めようとするこいしに対して、いとしが常識を覆すようなとんちんかんな応答をして、そこに笑いが生まれるわけだが、こいしが必死になって説明するうちに混乱して思わず変なことを口走る、その瞬間すかさずいとしが「君、いま何言うた？」とツッコミを入れる。つまり、ある瞬間に、ボケとツッコミが一瞬にして逆転することがあるのだ。このスピード感溢れる笑いは、いとし・こいし以前のしゃべくり漫才にはなかった新しい要素だと、僕は思う。

そして、このような型からはみ出るようなスピード感覚こそは、戦後社会の活気の中で彼らの漫才が支持された大きな理由だったのではないだろうか。彼らが決して下ネタで笑わせようとしなかったことも、支持層を確保できた理由だろう。つまり、いとし・こいしの漫才を支持したのは、戦後の高度成長期のまっただ中で健全な家庭生活を営んでいる中流サラリーマンを中心とする市民階級だったのだ。

高度成長期が終わり、昭和五十年前後のいわゆるマンザイ・ブームが起きる頃には、笑いの質は確実に変化していた。その間をつなぐ世代を代表する存在である横山やすし・西川きよしの漫才は、いっそう現代風になり、スピード感をアップさせながらも、基本的には規格外れのボケと常識人のツッコミのからみという、エンタツ・アチャコ以来の枠組みに収まっていた。ところがマンザイ・ブームの頃には、一つの新しい型と考えられるものが生まれていた。それは、進行役とギャグをかます役を一人が兼ね、相方は進行を助けるだけというスタイルだった。上方だと紳助・竜助やB&B、東京ではツービートやセント・ルイスなどがこの型に属する。この役割分担が必ずしも明確ではない、いっそうスピード感を増した新しい笑いのスタイルが生まれるために必要だったステップが、いとし・こいしの漫才のスタイルだったのではないだろうか。そのような連続性と同時に、両者の間には決定的な変質、断絶もあった。それは、ボケとツッコミを一人が兼ねるツッコミ＝ボケの笑いのスタイルには、強い批評性、攻撃性が含まれていたという点だ。

同じ生活世界を共有している、いわば隣人のような人の会話から生じるいとし・こいしの笑いに対して、ツービートらの笑いは、別個の価値観、別個の視点で生きている異人種の発想が常識とぶつかる際に生じる笑いであり、そうした笑いが支持されたことの根底には、異質なものに対する排除の論理が強まると同時に、同質であることを強要されることの息苦しさから異質なものに憧れるという、相反する感情があったような気がする。

現在の若手コンビの漫才は、僕らのような世代のものから見ると、話芸というよりはコンパ・ネタ的な単発の笑いを並べるだけのスタイルが多くなっているように見える。また、熱烈に支持されるスターがいるわけではなく、支持層の異なる小さなスターが割拠している時代のように見える。吉本の養成所出身のコンビが増えていることなどの影響もあるのかもしれないけれど、タイプの違う漫才コンビが仲良く共存している様子を見ていると、価値観の多様化した時代、別の言い方をすると、みんなが何かを共有することを断念、あるいは拒否している時代を反映しているようにも感じられる。

僕などは、その時代の市民社会の中にしっかりと根を下ろし、大人の風格を持っていたいとし・こいしの漫才がひたすら懐かしいけれど、もうあそこへはもどれないことも確かであるらしい。

＊追記　弟の喜味こいし師も、二〇一一年一月に逝去した。

邯鄲の夢

2004.9

ベルナルド・ベルトルッチ監督の映画『ラスト・エンペラー』（一九八七年）は、清朝最後の皇帝、愛新覚羅溥儀を主人公にした、なかなか興味深い作品だ。

溥儀はわずか二歳で帝位に就いたが、一九一一年、辛亥革命によって中華民国が樹立されるとともに廃帝となった。一九二四年に北京クーデターが起こり、彼は住み慣れた紫禁城を追われるが、その後日本の帝国主義膨張政策に基づいて満州国が建国されると、関東軍にかつがれて満州国の初代皇帝の座に就いた。清王朝の祖はもともと満州民族から出ているので、本来の王朝の帰朝という口実のもとに作られた傀儡王朝だった。やがて日本は戦争に敗れ、満州国も崩壊する。溥儀は亡命しようとするが失敗し、身柄は新制中華人民共和国に移される。そこで彼は戦犯として厳しい自己批判と再教育の日々を過ごし、戦後十年以上も経ってから特赦によって解放される。晩年の彼は園丁の仕事をしながら北京の一市民として暮らし、一九六七年に波乱の生涯を閉じる。

溥儀の数奇な生涯を描くにあたって、歴史にもてあそばれた悲劇の皇帝という描き方もできなくはなかっただろうけれど、映画はこの人物の弱さや保身の醜さにもさりげなく触れている。彼は彼なりに自らの信念に従って行動したのだろうが、結局のところ、歴史の中での自分の役割がどのようなものであるかを洞察することができず、人民政府や関東軍を利用するつもりで逆に利用されてしまった。戦後中国が共産主義国家になってからも、かつてこの国の皇帝であった自分が、皇帝として人々の上に君臨したというまさにそのことによって裁かれなければならないという理由が最後まで真の意味では理解できなかったのではないだろうか。

溥儀の生涯を知る重要な資料としては、戦後自ら執筆した『我が半生』があり、また若い頃の彼についていは、家庭教師兼顧問のような立場にあった英国人ジョンストン（映画ではピーター・オトゥールが演じていた）が書いた回顧録『紫禁城の黄昏』がある。それぞれに政治的なバイアスがかかった記述で、資料としては慎重に取り扱わなければならないものだが、希有の運命を生きた一人の貴人の生涯を通して、歴史と個人という重大な問題を考えるためには避けて通れない重要な文献である。

このラスト・エンペラー溥儀の実弟が溥傑で、満州国時代に嵯峨侯爵家の娘浩《ひろ》がその妃とされた。溥儀に子がなかったため、溥傑に皇子が誕生すれば将来満州国皇帝になる可能性があったからだ。日本の華族の血を承く者を満州国皇帝に据えようとした関東軍の策略であったことはいうまでもない。けれども、そうした軍部の思惑は別にして、溥傑と浩とはお互いに深く理解し合った理想的なカップルになったらしい。浩の輿入れから、終戦で二人が引き裂かれ、十六年を経て再び相まみえるまでの話は、浩の『流転の王妃の昭和史』という回想録に詳細に書かれているが、それ自体が一編の壮大な歴史物語となっている。

浩と溥傑の間に生まれた長女、慧生《えいせい》は聡明で美しい少女だったそうだが、学習院大学に在学中、男子学生と心中して亡くなった（浩の記述によると、実際にはストーカーじみた青年による無理心中だったという）。慧生の死は中国にいる父溥傑のもとへも知らされたが、当時は国交が断絶しており、溥傑自身もまだ収容所の中にいたので、葬儀に参列することもかなわず、形見の品がひそかに送り届けられただけだったそうである。愛新覚羅慧生のような女性が生きていたら、不幸な時代を乗り越えて固い絆で結ばれていた夫妻の娘だけに、その後の日中二国間の貴重な架け橋となってくれたことだろう。

映画『ラスト・エンペラー』の冒頭に、おもしろいエピソードが出てくる。皇帝の位についたばかりの溥儀が、玉座の後ろに、筒に入れたコオロギを隠しているのである。帝位に就いた頃の溥儀がいかに幼かったかを表わす逸話だが、これと対応するエピソードが映画の最後にもう一度出てくる。年老いて一市民となった溥儀が、文化大革命の後史跡として公開されるようになったかつての紫禁城を訪れる。紫禁城はすでに観光名所になっていて、ガイドが団体を案内しながら、「ここでかつての清朝の皇帝たちが即位式をあげました」などと説明している。あとに残って感心したように玉座を見上げている少年に、溥儀はそっと近寄り、「いいものを見せてあげよう」というような素振りで玉座に上がり、背後の暗がりからそっと例の筒を取り出して少年に手渡す。少年が筒を開けると、コオロギが出てくる。喜んだ少年が、「コオロギだ！」と叫んで振り返ると、溥儀の姿はかき消すように見えなくなっている。

印象的な幕切れだが、脚本を書いたベルトルッチ監督の脳裏にあったのはおそらく「邯鄲《かんたん》の夢」の故事だろう。

昔、盧生という貧乏な青年が、仙人から不思議な枕を借り、うたた寝をしたところ、栄耀栄華を極めた生涯の夢を見た。夢から醒めてみると、炊きかけていた粟がまだ煮えないぐらいの短い時間しか経っていなかったという。唐代の伝奇小説『枕中記』に基づく故事だが、以来「邯鄲の夢」というと、人の世の栄枯盛衰のはかなさを表わすことばとして知られている。この場合の「邯鄲」とは、盧生が仙人に出会った趙の都の名前なのだが、このことばが英訳される際に「邯鄲」が虫の名前と誤解され、秋の虫の命のはかなさから、栄枯盛衰のはかなさをたとえたことばだという解釈が生まれてきたのではないだろうか。邯鄲はバッタのように緑色をしているが、同じコオロギ科の虫で、鳴き声が賞味されることで知られている。日本人と違って英米人には、虫の種類による鳴き声の違いを聞き分けて楽しむという風習はあまりないらしいから、邯鄲もコオロギも英訳すれば同じ cricket なのだろう。

ベルトルッチ監督は、波瀾万丈を極めたような溥儀の生涯も、長い歴史の中で見れば、邯鄲という虫の鳴き声が途絶えるまでの間のような、ほんの一瞬の出来事に過ぎないのだというメッセージをそこにこめているのだろう。最後に溥儀がかき消すようにいなくなるところにも、古代から伝わる神仙のイメージがある。

爾来アメリカ人には、西欧人とはひと味違った東洋憧憬があり、中国は神秘の国としてあこがれの対象でもあった。映画『スター・ウォーズ』に東洋風の観念が隠し味のように散りばめられていることはよく知られていて、たとえばヨーダには道教の賢人、具体的には老子の面影があると、瀬戸川猛資が指摘している（瀬戸川猛資『夢想の研究』）。確かに、ヨーダの風貌は東洋人風の老人のものだ。悪と戦うジェダイ・マスターには、不思議な力を持ち自在に姿を隠したりできる東洋の仙人のイメージがあるというわけだ。このシリーズのキーワードである「フォース」という観念にも、道教でいう「気」のイメージが間違いなく融合している。宇宙という新たな外部をイメージするときに、それまで西欧世界にとっての外部であった東洋のイメージが被さってくるという心的メカニズムはよく理解できる。

『ラスト・エンペラー』の結末は、中国という長大な歴史を持つ東洋の国の神秘性と、歴史にもてあそばれるようにしか生きられない人間の卑小さという観念を形象化して、観る者の印象に強く訴えかけるものをもっている。

ところで、マンガ家の手塚治虫は一九八九年に亡くなっているから、この映画を見たのは最晩年のことになるが、作品として高く評価していたそうだ。戦争に翻弄された人々の姿を描いた『アドルフに告ぐ』のような大河歴史マンガを書いた手塚さんのことだから、表現者として共感するところが多かったのだろう。その手塚さんが、このラスト・シーンのコオロギについて、「あれは本当に生きていたんでしょうかね？」と不思議そうな表情で訊ねたのだそうだ（小林準治『手塚治虫昆虫図鑑』）。

あの博識な手塚さんがこの映画の幕切れの象徴的な意味を理解しなかったのは不思議なようだが、手塚さんは少年時代から筋金入りの昆虫好きだったから、実体としての昆虫の知識が邪魔をして、文学的な解釈の妨げになったのかもしれない。

モトラさんのこと

2004.10

血がつながっていないから親戚自慢にはならないだろう、というような話を今回はします。

子供の頃、父方の祖母から繰り返し聞かされた思い出話がある。祖母のすぐ上の兄が結婚することになった。お相手は学者の娘で、父親は東京帝国大学の教授だった。その学者の家へ、まだ若かった祖母が挨拶に行くことになったという。どういう経緯でそういうことになったのか、今となっては定かでないが、祖母の実家は山形県の酒田というところで、遠方なので、すでに結婚して東京に出てきていた祖母が新郎の父親、即ち僕の曾祖父の名代として、結納をかねて挨拶に出向くことになったというようなことではなかっただろうか。

お相手の家は、大学のすぐ向かい側、本郷西片町にあった。帝大の偉い先生の家とあって、若い祖母は緊張して、おそるおそる案内を請うたそうだが、応対に出てきた父君つまり帝大の先生その人は、玄関にきちんと座って出迎え、その後の対応も実に折り目正しく誠実なものだったという。祖母は、その人の人となりによほど強い感銘を受けたと見えて、その折りのことを何十年も経ってから、孫の僕に繰り返し語って聞かせてくれたのである。幼い頃からこの話を耳にたこができるほど聞かされていたので、僕の心の中には、本当に偉い学者というものは決して偉ぶったりはせず、かえって謙虚に振る舞うものだという観念が植えつけられることになった。

「二十歳やそこらの小娘に対して、あんなに丁寧に」というフレーズが、祖母の口から繰り返し語られたことばだった。祖母はいつもそのフレーズを、いかにも感に堪えないといった風情で口にした。僕の祖母という人は明治二十四年の生まれだから、「二十歳やそこら」というのが正しければ、明治四十三年かそこいらの出来事になる。夏目漱石の『三四郎』が刊行されたのが明治四十一年のことだから、変な言い方だが、小説の中に出てくる野々宮君がまだ帝大の薄暗い実験室で光の圧力か何かの実験を繰り返していた頃のことだ。祖母の話を聞いていると、明治の末年の本郷界隈の静かなたたずまいが彷彿として、当時の学者の住まいの様子が瞼に浮かぶような気がした。

この帝大教授のお嬢さんと、祖母の兄、即ち僕の大叔父とはめでたく華燭の典を挙げ、両家は親戚になった。その帝大教授のことを、祖母は「モトラさん、モトラさん」と呼んでいた。

元良勇次郎。安政五年（一八五八）、三田藩の下級藩士の家に生まれる。同志社英学校に学び、二十五歳で当時まだ珍しかったアメリカ留学を果たし、ボストン大学、ついでジョンズ・ホプキンス大学に学ぶ。彼はアメリカで、そのころ学問として形を成したばかりだった心理学を学んだ。今でこそ心理学科は大学でも人気の高い学科だが、十九世紀も終わり近くになるまで、人間の意識や無意識は学問の対象になるとは考えられていなかった。人間そのもののことを学ぶ学問は、おそらく哲学しかなかったのである（その哲学も明治の日本人にとっては目新しい学問だったはずだ）。十九世紀も残り少なくなる頃になってやっと、実験に基づき人間の心の中で起こる現象を科学的に解明しようとする方法が少しずつ整備されるようになった。

元良は、まだ日本にはなかったこの斬新な学問をアメリカで学び、学位を取って帰国する。元良の帰国後、東京帝国大学はこの新しい学問分野の重要性を認めて、それまで存在しなかった心理学科を新設し、元良を初代の主任教授に招聘した。つまり、元良勇次郎は日本における心理学という学問の草分けなのである。

元良は、少年の頃神戸で布教活動を行なっていた宣教師のもとで受洗した、敬虔なクリスチャンでもあった。同志社英学校を中退した後、留学前の一時期、東京の学農舎などで教鞭を執っていたが、学農舎はメソジスト派のクリスチャンであった農業教育者津田仙によって創設された学校で、ここで元良と津田とは交流を深めることになる。その後、二人は宣教師ロバート・マクレイの創立した美会神学校を発展させた東京英和学校の設立にも関わった。この東京英和学校が後の青山学院に発展するのだから、元良勇次郎は青山学院にも深いゆかりのある人物だと言える。

元良のよき同行者であった津田仙は、今日ではあまり話題になることもないが、アスパラガスなどの外来種の野菜を日本人の食生活に持ち込んだ人で、その娘が津田塾大学を創設した津田梅子である。

また、元良は、ジョンズ・ホプキンス大学に留学していた当時、同じく留学生だった新渡戸稲造と親しくなり、生涯にわたる友情を育んだ。このあたりの人脈が、日本の高等教育の発展に重要な役割を果たすことになったのであり、明治の高等教育の歩みはこうしたキリスト教主義者のネットワーク抜きには考えることができないのだが、長くなるのでそれについてはまたいつか触れることにしよう。

元良勇次郎は、このように明治期の学問・教育の世界に大きな足跡を残した人だが、長生きせず、大正二年（一九一三）、持病のカリエスのために帝大現職のまま没した（享年五十五歳）。僕の祖母が親しくその謦咳に接した頃は、すでに晩年を迎えていたことになる。

元良家の墓所は青山霊園にある。正面に大きく建っているのは夫人の墓で、その左脇に一回り小さな墓が慎ましく建っているのが勇次郎のそれである。勇次郎が養子であったことなども関係があるのかもしれないが、謙虚で高潔な生涯を送った勇次郎の人柄を象徴しているようで微笑ましい。

青山霊園にある元良勇次郎の墓

ところで、内田百閒は明治四十三年（一九一〇）、岡山の第六高等学校を卒業して東京帝国大学に入学している。彼が入学したのは独文科だが、元良勇次郎教授の心理学の講義に出ていたらしい。上京して西片町の下宿にいた頃のことを回想した随筆に、

火曜日と木曜日は、夕方の六時に元良博士の講義が終るのである。空き腹を抱へて西片町を通り、長屋の近くまで帰ると、匂ひがした。

（『続百鬼園随筆』）

というような記述がある。内田百閒は若い頃漱石山房に出入りし、最初の短編集『冥途』（大正十一年）が漱石の『夢十夜』の影響下に書かれていることはよく知られている。しかし、この二作は夢や異常心理等をテーマにしているという共通点を持つものの、漱石と百閒とでは当然ながらその扱い方に違いがある。漱石は世代的に心理学という学問をまだ知らなかった世代であり、一方百閒は、学生時代に心理学という新しい学問のパイオニアであった元良勇次郎の講義を聴講していた。同じように夢や異常心理を素材にしていても、そうした現象に対して科学的なアプローチの方法があることを具体的に知っていたか否か、漱石と百閒のそれぞれの世代の間にはそのような違いがある。これからは、そうした要素も視野に入れて、百閒の文学を考察していく必要があるのだろう。

百閒はまた随筆集『鶴』（昭和十年）に収められている「写真師」という文章の中で、このようにも書いている。

何日か後に出来上がつた写真は、写真としての出来映えは知らないけれども、本人の私には気に入らなかつた。顔が、その当時心理学を教はつてゐた元良博士に似てゐるので、ぢぢむさくて、寧ろ幾分婆顔にも見えて、大いに不満であつた。制服を著なくなつたのは、この写真の所為もあるかも知れない。

元良博士は「ぢぢむさ」い風貌の人だったらしい。それにしても、学生時代に教わった元良勇次郎のことを話題にする百閒の口ぶりには、どこか親密で懐かしげな響きがある。きっと元良の授業もその人柄を反映して、感じのいいものだったからだろう。あの狷介な百鬼園先生が元良に対してこのように親密な感情を抱いているのを見ると、わけもなく嬉しい気分にならないこともない。

＊追記　僕の父は東京千駄ヶ谷の生まれだが、父の生まれた家はモトラさんの持ち家だったという話を聞いたことがある。祖母にとっては、元良の娘が義理の姉なのだから、勇次郎の没後も親戚づきあいが続いていたことは別におかしくはないのだが、どうしてその家で出産することになったのかはわからない。今となっては、事情を知る人は誰もいないだろう。

道化と錫杖

2004.12

僕が大学生だった一九七〇年代のことだが、「道化」論が様々な分野の学問に刺激を与えていた時期があった。その中心にいたのは、文化人類学者の山口昌男（一九三一〜二〇一三）だが、山口の考察はE・ウェルスフォードの『道化』のような先行研究に多くを負っていた。

山口の道化論をラフ・スケッチすると、要するにこういうことだ。

かつて王のかたわらには道化が侍っていた。道化は王の権威のはけ口であり、宮廷の人々の座興のための笑われ役だが、それだけではなく、時には王の発言を混ぜっ返し、反抗し、挑発する。そんな多義的な役割を担って、王の周辺に常に笑いを作り出していたのが道化だった。

もちろん王の側が正統な権威の保持者なのだが、道化がふざけて王に反抗してみせるとき、道化から見ると正しいのは自分であり、王の方が間違ったことを主張する滑稽な道化に過ぎない。そんな論理で、時には自分の方が優位に立ってみせることで笑いを生み出すのが道化の役割だった。そして王の方もそのような存在を必要なものとして容認していた。

祝祭の折、乞食や奴隷といった卑賤な身分の者が王の衣服をまとい、王を演じさせられるという風習があった。王を演じている間、彼は好き勝手に振る舞ってよいが、祭りが終わるとき、衣服をはぎ取られ、むち打たれて、王の身代わりとして殺害された。これを「偽王（モック・キング）」という。

山口によれば、かつて西欧世界に広く存在した道化は、祝祭の場における「偽王」の習慣と深く関わっているという。つまり、道化は王の分身であり、王権を維持していくための装置として機能していたと考えられるのである。

山口昌男の道化論は様々な方向に射程を広げられる刺激的な観点だったが、その核心にあるものは王権論であり、権力の本質に迫る重要な視座として、文学・歴史学・社会学などの様々な分野に影響を与えたのである。

王と道化の対という形式は、様々な方面に応用ができる。この伝統のある形式は、今日では主として芸能の類に残っている。西欧と日本とでは王権の性格が異なるから、安易に比較することはできないが、三河万歳の太夫と才蔵のペアはそれに酷似しているし、その気で探すと、猿回しの猿使いとサルの関係や、腹話術の術師と人形の関係など、類似した様式はいくらでも見つかる。起源が同じものであるかどうかはわからないが、そこに安定した秩序をもたらす確固とした〈型〉が存在することは間違いないだろう。

絵画などで見ると、中世ヨーロッパの道化は棒を手にしていることが多く、コンメーディア・デラルテの道化役アルレッキーノも錫杖を持っている。このように、道化はしばしば杖のようなものを手にしているのだが、杖は本来王権の象徴であった。杖は大地の精霊を目覚めさせる呪具であり、それを手にしていることが、世界の支配者であることの象徴だった（このあたりのことは、ウィリアム・ウィルフォードの名著『道化と錫杖』でも触れられている）。

西欧のファンタジーに出てくる魔法使いも、多くの場合杖を持っている。王権の起源にまで遡れば、古代の王は卜占によって政策を決める呪術者でもあったが、やがて政治（まつりごと）を司る王と祭祀（まつりごと）を司る巫者とに分離したと考えられている（『魏志倭人伝』によると、邪馬台国の女王卑弥呼は「鬼道」を行う巫女でもあった）。呪術王の起源にまでさかのぼれば、魔術師もまた世界を支配する王と別のものではなかった。アーサー王伝説のマーリンから、ハリー・ポッターに至るまで、魔術師の杖はまさに彼らが世界を支配することの象徴である。

杖が世界を支配していることの象徴と考えられていたことは、古代日本でも同様だったようだ。伊和大神が占有の印の標（しめ）を立てると、それが楡の木になったという話が『播磨国風土記』にある。人に災いをなす夜刀の神を追い払った麻多智は、標の杖を立てて、人と神の世界の境界を区切った（『常陸国風土記』）。大地に突き刺さった杖は、王の支配の及ぶ境界を示す標だった。弘法大師が巡遊してきた際、その村によい水が出ないことを哀れんで杖で土をついたところ、おいしい水が滾々とわき出てきたというような伝承も多くの地方に残されている。この場合、杖を引いて諸国を経めぐる弘法大師もまた、一個の漂泊の神であった。

道化といえば、映画の世界でまず思い浮かぶのはチャーリー・チャップリン（一八八九〜一九七七）だろう。

チャップリンはもともとイギリス人だが、貧しい階層の出身で、子供のころから大衆演劇の世界で技を磨き、自分の芸で食べていた。やがて渡米し、新興の娯楽だった映画の世界に飛び込んで、どたばたコメディの制作・主演によって成功を収める。山高帽にちょびひげ、だぶだぶズボンとどた靴という放浪紳士のスタイルは、ごく初期の段階から彼のトレードマークだったようだ。

チャップリンが演じるのは浮浪者だが、山高帽に燕尾服というスタイルは、外見に表れた社会的身分とは裏腹に、彼が誇り高く気高い貴族的精神の持ち主であることを象徴している。そして、なくてはならない小道具として、彼が手にしているステッキがある。ステッキをついて歩くこともまた、十九世紀末から二十世紀初頭の西欧社会においては、紳士としての条件だった。チャップリンはあの奇妙なよちよち歩きで、しかしいっぱしの紳士の如くステッキを跳ね上げながら、彼を取り巻く過酷な現実の中を飄々と歩いていく。時には道端に咲いている花を摘んで、気取った仕草で香りをかいだりしながら。

有名なあのチャップリンのスタイルは、紳士と浮浪者という一見矛盾する要素を一つに溶け合わせ、一目見ればそれとわかるイコン的なデザインにまで昇華した見事な装いだった。あのスタイルを編み出したことだけでも、チャップリンは天才と呼ばれるに値する。しかし、先に書いたように、道化が単なるお笑い芸人ではなく、高貴な存在の分身であるということは、チャップリン以前からの長い伝統があった。

チャップリンのサイレント時代の最後を飾る『街の灯』（一九三一年）は、いろいろな意味でチャップリンらしさが横溢する代表作といえるだろう。センチメンタルな映画だと批判する人もいるが、僕は必ずしもそうは思わない。『街の灯』はこんなあらすじだ。

貧しい浮浪者のチャップリンは、盲目の花売り娘と知り合う。彼女はチャップリンのことを、親切な大金持ちの紳士と勘違いし、頼りにする。チャップリンは娘に眼の治療を受けさせてやりたくて、そのための資金を作ろうと様々な仕事に手を出すが、どれもうまくいかない。そのうちにチャップリンは本物の大金持ちと知り合い、酔って自殺しようとする彼を助けて感謝されるが、この大金持ち氏はアル中で、酔っぱらっている間はチャップリンを親友だと思っているが、しらふに戻ると酔っぱらっていた間の出来事はすべて忘れているというやっかいな人物である。あれこれあった末に、チャップリンはしらふに戻った紳士に金を盗んだと勘違いされ、警察につき出されるはめになる。数年後、チャップリンは尾羽うち枯らした姿で刑務所から出て

『街の灯』（1931年）

くる。かつての花売り娘は、チャップリンが送った金で手術を受けて目が見えるようになり、立派な花屋を経営してはつらつと働いている。娘は店の前に悄然と立った乞食のようなチャップリンを憐れんで、施しをしようとするが、金を渡そうとしたときの手の感触で、それがかつての恩人の大金持ちの紳士であることを知る。彼女は困惑の表情を浮かべて言う。

「あなたでしたの？」

チャップリンのはにかんだような寂しそうな笑顔で、映画は終わる。

放浪紳士チャップリンを主人公にした戦前の映画は、ハッピー・エンドか、少なくとも、『モダン・タイムズ』（一九三六年）のエンディングのように、誇りを失わず、胸を張って進んでゆく主人公の姿を描いて終わっていた。しかし『街の灯』の結末は、痛めつけられ、かつての誇りを失ってしまった寂しい主人公の姿で終わっているという点で、例外的である。この映画の末尾では、みすぼらしい姿をからかうストリート・ボーイの悪童たちに反撃することもできないぐらいに、主人公はうちひしがれているのである。

この映画の前半、刑務所に入れられるまでは、主人公のチャップリンは例の如きスタイルで、気取ってステッキをついて歩いていた。しかし、この結末部分で刑務所から出てきたチャップリンの手にステッキはない。ステッキを持たないチャップリンは、誇り高い王者の座から追われてしまった、無力な宿無しでしかないのだ。そしてかつての貧しい花売り娘は、今は宿なしのチャップリンに施しをする美しい貴婦人になっている。

チャップリンは、道化として生きることの誇りも悲しみも、心底からわかっていた人だったと思う。そして、道化の本質がわかっているということは、王権の本質を見抜くことにも通じる。だからこそ、『独裁者』（一九四〇年）の中で、独裁者ヒンケル総統にうり二つのユダヤ人の床屋は、「あの王は偽物だ！」と胸を張って叫ぶことができたのだ。

あのころのマンガ、あるいは或る夭折について　*2005.5*

去る四月九日の『朝日新聞』朝刊に、岡田史子の訃報が掲載されていた。亡くなったのは四月三日のことらしい。

岡田史子といっても、若い人はあまり知らないかもしれない。

一九六〇年代の末頃、マンガ家を目指す若い人々の登竜門となっていた雑誌が二つあった。一つは手塚治虫の虫プロダクションが発行していた『COM』、もう一つは青林堂が発行元になっていた『ガロ』だ。

この二つの雑誌には、マンガに対する意識や作風の差異による性格の違いがあった。『COM』のほうは、手塚治虫の作風を反映してモダンで未来志向、『ガロ』のほうは白土三平や劇画系の作家が拠っていることでわかるように、泥臭く現実志向であった。単純化すると、『COM』は芸術派系、『ガロ』は社会派系、というような棲み分けだった。

この頃は、マンガというものが社会において占める位置づけは今日とはよほど違っていた。それ以前の時代には、マンガは子供向けの幼稚なもの、あるいは俗悪なものと見られていて、社会の中で正面切って取り上げられることは稀であった。それが一九六〇年代に入る頃から、週刊マンガ雑誌などが相次いで刊行され、マンガは出版社にとって重要な商品になっていった。六〇年代の終わりになると、社会の中での重要性を増したマンガで育った世代が大学生になり、マンガの思想性を積極的に評価しようとし始める。というか、大学紛争の時代の学生たちには、社会の中心を占める既成の権威、権力に対して懐疑的な姿勢をとろうとする者が多かったから、それに対するサブカルチュアの典型としてのマンガに可能性を見出そうとしていたのだろう。そういう意味では、この時代のマンガ家たちも、若くても大きな収入が得られる職業というような俗悪な観念にまだ毒されていなかったし、若いマンガ家たちを支えていた編集者のほうも、自分の理念を実現するための創造的行為としてマンガをとらえていたように思われる。雑誌上で「マンガは芸術か?」とか「マンガの使命とは?」というような議論が大まじめでなされていた時代だった。

それが大きく変わるのは、このあと新たに出現した『少年ジャンプ』のような雑誌が、読者の人気投票によって掲載の期間や順番を決定するようなシビアな方針をうちだしてからで、それによってマンガは一気に単なる消費財に転落していった。

一九六〇年代は、その手前の時代である。大人の世代は、「大学生がマンガを読むようになった」といって呆れ、逆に学生は、「白土三平のマンガは、マルクスの歴史思想を具体的に表現している。マンガを馬鹿にする大人は何もわかっちゃいない」といって嗤っていた。そういう時代だった。

そういう時代に、マンガ家を目指す若者にとって『COM』の方向を目指すか、『ガロ』の方向を目指すかは、表現者として本質的な問題で、「どちらかに採用されればいい」というような了見で両方に投稿するような人はいなかった（と思う）。マンガ自体の目指している方向が、大きく二つに分かれていたのである。

岡田史子は、『COM』の投稿作家として彗星のように現れ、熱烈な支持者を得たマンガ家だった。先の『朝日新聞』の訃報では、その作風を、「詩のようなせりふが行き交う抽象的で観念的な作風」と表現しているが、おおむねその通りで、なお私的な感想を付け加えれば、それは幻想的で、しゃれていて、外国のマンガを見るようだった。多くの場合、ストーリーらしいストーリーもなく、ただ夢の中にいるような不思議な雰囲気だけが広がっている。画風はというと、極めてアート風の描線で、誰に似ているかといえば、レイモン・ペイネに似ていなくもないが、それでも基本的には誰にも似ていない彼女独特のもので、もちろん手塚治虫にも似ていない。暗い世相を反映して重たく観念的なマンガが多かった時代に、自分だけの確固とした幻想の世界をもち、そこから出てゆこうとはしない頑固さも感じられた。

『COM』は御大手塚作品をメインに、手塚の影響のもとに既成作家になった石森（のちに石ノ森）章太郎が、「JUN」というストーリーも台詞もない抒情詩のような実験的な作品を連載し、その周辺に審査で採用されたアマチュアの作品を配する、というような構成の雑誌だったが、岡田史子はアマチュアながらしばしば作品が掲載される常連で、その作品はプロの作品と較べても一段と個性的で異彩を放っていた。

　岡田史子は謎の作家だった。北海道在住の女の子だというぐらいしか情報がなかった。上京してプロとして本格的に活動するようにと編集者がしきりに勧めているが、北海道を離れようとしない、というようなことが噂として伝わってきた。インタビューに答えるようなこともせず、写真も掲載されない。露出度ゼロなのだった。

　その謎めいたイメージも手伝ってか、アマチュアにもかかわらず熱烈なファンが多かった。僕の周辺にもアマチュアの投稿作品には辛口の批評をする生意気なマンガ・ファンがたくさんいたが、男の子でも不思議に岡田史子を悪くいう奴はいなかったような気がする。あまりに完成度の高い自分の世界を持っている人なので、せいぜい「ああいうマンガは僕は好きじゃない」と言うぐらいのことしかできなかったのだろう。岡田史子とはそういう作家だった。


　僕はそのころ『ＣＯＭ』を継続して読んでいた。手塚ファンだったこともあるが、泥臭い『ガロ』よりは『ＣＯＭ』のほうが性に合っていたのだ。でも、手元にあった『ＣＯＭ』は転居を繰り返すうちにすべて処分してしまい、いま手元にあるのは、十年ぐらい前に学生だったＮ君が下北沢の古本屋で見つけてきてくれた数冊だけである。一九六八年から七〇年にかけての号だが、それらにも岡田史子の作品は掲載されている。改めて読み直してみたが、やはりこの人は一種の天才だったと思う。「岡田史子の世界」というほかはない独特の世界がそこには広がっている。

が、岡田史子は雑誌『COM』を舞台に数年間めざましい活躍をしただけで、その後ぷっつりと作品を発表しなくなった。「筆を折った」という噂が聞こえてきた。それを聞いた時、僕はそれほど驚きを感じなかった。マンガが完全に消費財となり、マンガ家であり続けることがサバイバル・レースに近くなるのはもう少し後のことだが、すでにその気配のようなものはあらわれていた。そんな状況の中で、岡田史子のような繊細な感覚の持ち主がマンガを書き続ける意欲を失なうというのはむしろ当然だという気がした。

そのころから、僕自身がマンガをあまり読まなくなっていた。年齢的なものもあったのだろうし、手塚治虫が少年マンガから青年マンガにシフトし始めたというようなことも、マンガから離れてゆく原因の一つになったかもしれない。

僕が再びマンガを手に取るようになったのは大学に入ってからで、そのころ手塚治虫は虫プロダクションの倒産の時期の精神的なスランプから脱出し、奇跡的な復活を遂げて『ブラック・ジャック』等をばりばり書きまくっていた。周囲にいる友人は、山上たつひこの『がきデカ』などを読んでいた。マンガの世界はそれなりににぎわっていたが、かつての重さや暗さは完全になくなり、明るい健全娯楽の世界になっていた。そこにはもう僕を強く惹きつけるようなものはなかった。

それからまた、短くはない歳月が経過した。この間、僕がずっと岡田史子のことを忘れずにいたわけではない。むしろ完全に忘れていることのほうが多かったかもしれないが、それでも何かの拍子に思い出しては、「あの人は今頃どうしているんだろう」という感じでなつかしく思い出すこともあった。そのなつかしさの中には、マンガと真剣に向き合っていた自分の子供時代に対するなつかしさの感情も含まれていたのだと思う。

岡田史子がその後どういう人生を送ったのか、僕は何も知らない。新聞の訃報には「自宅は埼玉県所沢市」とあるから、いつからか北海道を離れたのだろうが、どういう職業に就いていたのかもわからない。一時期復活したとも伝えられるが、基本的にプロの作家として活動したことはなかったはずだ。享年は五十五歳とあるので、『COM』に掲載された作品を見て僕らが驚嘆していた頃には、彼女はまだ十代だったことになる。十代から二十代の初めにかけてのほんの一時期、岡田史子はマンガを書き、そして筆を折った。その存在のマンガ史における比重からすれば、今という時期に岡田史子の訃報が新聞に載ること自体が意外な感もある。もしかすると、新聞社にいる僕と同世代の人間が、逝去を聞いて記事にする気になったのかもしれない。

いつもいつもその存在を意識しているわけではないが、垣根の向こうを、姿は見えないけれど同じ方向へ同じようなペースで歩いてゆく人の気配をどこかで感じ続けているように、同じ時代の同行者として頭のどこかにひっかかっている人がいるものだ。僕にとって、岡田史子はそういう人の一人だったのかもしれない。その、今まで垣根の向こうを歩いていた人が急にぱっといなくなってしまったような、そんな小さくはない狼狽を、いま僕は感じている。

異人たちとの夏

2005.8

映画『異人たちとの夏』を、僕は折に触れて何度も見直している。山田太一の原作を大林宣彦監督が映画化したもので、一九八八年の作品である。

離婚して家族と別れ、マンションで一人暮らしをしている中年のシナリオ・ライター（風間杜夫）がいる。仕事にも行き詰まりを感じ、生きる張り合いをなくしかけている。

ある日、彼は少年時代を過ごした浅草に、久しぶりに足を向ける。なつかしい思いに浸りながら歩いているうちに、ばったり父親（片岡鶴太郎）と出会い、驚愕する。男の両親は、彼が十二歳の時に交通事故で同時に死亡し、それ以来彼は孤児として生きてきた。

「死んだはずの父親が、どうしてここにいるのだろう」

信じられない気持ちのまま、男は父親に誘われるままにその家に行くと、狭いアパートにはやはり死んだはずの母親（秋吉久美子）がいて、やさしく男を迎えてくれる。死んだ時の年齢のまま、若々しい父親と母親は、何の説明もなく、ただ当たり前のように子供である男に接し、男はいつしか少年に戻って、三人はしばしの時間を楽しく語り合う。

浅草から自分のマンションに帰ってくると、我に返ったように、そんなことがあるはずがないと、男は恐ろしくなる。けれども、男は子供の頃に戻って両親とともに過ごすひとときの楽しさを忘れることができず、何日か経つと、またふらふらと浅草の方へ足を向けてしまう。

そのようにして、男はある夏の日々、死者たちと親密に交わることになる。（おなじマンションに住む謎の女性との逢瀬というサブ・ストーリーもあって、この女性も実は死者である）。

忘れられないのは、ドラマの終わり近くの、両親との別れの場面である。男は、こうして死者たちと交わり続けていると命を縮めることに気づき、これを限りにもう会うまいと決めた最後の宴として、両親をすき焼きの老舗「今半」に招待する。

「今日は僕にごちそうさせてよ」

両親は喜んでテーブルに着くが、すき焼きが煮えるのを待っているうちに、次第に姿が薄れてくる。父親は申し訳なさそうに、

「実はあんまり時間がねえんだ」

と告げる。両親は、いつまでも愛していること、息子を自慢に思っていることを伝えて、消えてゆく。男は、

「どうもありがとう、ありがとうございました」

と繰り返しながら、手をつけられなかったすき焼きの鍋を前に、涙を流す。

名画といえるほどの作品とは、正直なところ思わない。センチメンタルだし、心余りてことば足らず、というところもある。

しかし、人生に疲れ、幸せだった少年の頃をなつかしむ中年男の孤独な姿は、ひどく心にしみる。特に、この男と同じように、両親をすでになくしている人間にとっては、見るたびに思わず涙ぐんでしまうような切実さがある。

印象に残る場面はいくつもあるが、その一つに、アパートの前の階段で、男の母親が線香花火をしている場面がある。男がいつものようにふらりと両親の住むアパートの近くまで来ると、涼しげなワンピースを着た母親が、一人で線香花火をしている。男はつい声をかけそびれて、物陰からそっと母親の姿を眺めている。若い時のままの母親は、物思いに沈んでいる少女のような憂わしげな表情を浮かべている。

日本の民間伝承には、「異類女房」と呼ばれる話型がある。人間でないものが女に姿を変えて人間の男の妻になるが、やがて正体を見あらわされて去ってゆく、というストーリーの話である。歌舞伎などで有名な葛の葉狐は、美しい菊の花に見とれていて、つい狐の姿に戻ってしまい、正体を知られて、子供を残して泣く泣く去ってゆく。もとの姿に戻って機を織っているところを垣間見られて去ってゆく鶴女房の話も同型だ。

『異人たちとの夏』で男が花火をしている母親の姿を垣間見る場面は、おそらく「異類女房」譚の垣間見と正体露見の場面が下敷きになっている。離れたところから垣間見をする男の目に映る、若い時のままで年をとらない母親の姿は、それがこの世のものではないということが明らかになるぎりぎりのところまで行っている場面なのだ。

もう一つ、見逃してはならないことは、これが「夏の物語」だということだ。男の母親と父親は、暑い夏の季節、お盆の頃に、ふいに男の前に姿を現す。

昔から、夏は生者と死者の世界が近づく季節だった。本来は、秋の収穫の季節に、村々では祖先の霊を迎え、もてなして、ともに収穫を祝うというのが秋祭りの本義であったと、民俗学では説いている。秋の収穫祭と祖霊供養とは、本来一体のものであった。

その旧暦の八月頃に行われていた先祖迎えの行事が、新暦の時代になってもそのまま八月に行われることで、秋の収穫祭と先祖供養とが分離し、八月の盆の行事となったのだといわれている。そう、私たちにとって、八月はもともと先祖の魂を迎える季節なのだった。

お盆の時に、地方によっては今でも「盆棚」というものを作り、ナスやキュウリに足をつけた馬を供えて、先祖の霊がこれに乗ってやってくると語り伝えている。盆の始まりの宵には、家の前で迎え火を焚き、それを目印に先祖の霊がやってくると考えられていた。そして、盆の終わりには送り火を焚いて、去ってゆく先祖の霊を見送った。こうした風習は、遠いところからやってくる先祖の霊の行き来のことを心配した人々の心が生み出した、ゆかしい風習であった。

お盆の間は、家に迎えられている祖霊を家族の一員のように扱い、まるでそこにいるかのように遇するのが一般的であった。目に見えない祖霊のために食事もちゃんと一人前用意し、お風呂も一番風呂はその目に見えない祖霊のためにとっておいて、その入浴が住むまでは家族はおとなしく待っている、というようなことが、つい近年までは多くの地方で行われていた。

さらに、夏八月、ということで思い出されるのは、それがあの戦争の終結した月だということだ。一九四五年八月十五日、戦場にかり出された兵士ばかりでなく、空襲などの犠牲になった民間人を合わせて四百万人とも言われる死者を出して、忌まわしい戦争は終わった。八月という季節は、様々な夢や希望を抱き、生きたいと願いながら死んでいった多くの同胞の記憶と結びついている。

八月十五日前後には、毎年甲子園で全国高校野球大会が開かれている。八月十五日の正午には、サイレンの合図とともにゲームが中断され、グラウンドの球児たちも見守る観衆も黙祷を捧げるのが習慣となっている。高校球児たちが元気にグラウンドを走り回る時間を中断して、みんなであの戦争のことを思い出そうとすることは、とても意義のあることだと僕は思う。一年に一度だけだが、僕もその時間にはできるだけ一緒に黙祷するように心がけている（恥ずかしいことに、他のことに気をとられていて忘れてしまい、正午をだいぶ過ぎてから気づいて黙祷する年もあるのだけれど）。

僕は戦後の生まれだし、幸いなことに身近にはあの戦争で戦死したという人もいないのだが、この日ばかりは頭を垂れて祈らずにはいられない気持ちになる。具体的な対象があって祈るというよりは、何か大きなものに向かって祈っているような気がする。そのような祈りに、夏八月という季節はもっともふさわしい。

戦後の日本人にとって、八月という季節は、昔ながらの祖霊迎えの季節という記憶の上に、戦争によって死んでいった人々の記憶が重なり合い、様々な意味での祈りが重層した形での「鎮魂の季節」であった。


夏は、今はもういない、なつかしい人々とつかの間出会える季節である。死者たちの中には、不幸な死に方をした人もいるだろう。しかし、この世に未練を残して死んでいった死者たちでさえも、こちら側の世界で生きている僕たちに対しては、恨みや無念の気持ちを表すのでなく、温かい気持ちを持ってくれていると、人々は信じ続けてきた。死者は、「お前たちを愛している、お前たちの幸せを願っている」ということを伝えるために、この世に戻ってきてくれるのだと、僕たちの祖先はずっと考えてきた。

あの世の存在を信じるのかとか、霊の存在を信じるのかとか、そういった合理不合理の尺度を当ててみる以前に、そのように信じることで僕たちの心が慰められるということ、そのように信じなければ生きていることがつらくてたまらない時があるのだということの前に、僕は素直でありたいと思うのだ。

亡き友への手紙　2005.10

親友だった君のことを、ここではKというよそよそしいイニシャルで呼ぶことを許してほしい。なんだか漱石の『こころ』みたいだけれど、本当にそれが君のイニシャルなのだから仕方がない。

君と出会ったのは、小学校四年生になって同じクラスになった時だった。君はひときわ目立つ秀才で、リーダーとしての素質もあった。六年生までクラス替えがなかったので、三年間同じ顔ぶれだったけれど、君と僕とで交互に級長をしていたような気がする。成績の上でも目立ち方の上でも力が拮抗していたからだが、君は僕よりはるかに自分の能力に疑いを持っていない、自信に溢れた秀才だった。

僕らは別にライバルというわけでもなく、仲良く一緒に遊んでいた。でも、君には僕ら二人を含んだ集団のほかに、君をリーダー格とする、やや交友圏を異にするグループもあって、時として僕らのグループと反目し合うこともあった。小学生の交友も、その程度には複雑なのだ。

でも、基本的には僕らのクラスはみな仲が良くて、公立の小学校のこととて互いに家が近いから、お互いの家を行ったり来たりして遊んでいた。君と僕は学校でのつきあいだけでなく、日曜日には当時千駄ヶ谷や駒場東邦に校舎があった進学教室に一緒に通ったりもした。母親同士も交流があって、教育方針や進学のことについて相談し合っていたと思う。

僕の祖父が鎌倉に住んでいて、夏になると家族でそこに一週間ほど滞在する習慣だったが、その祖父の家に君が泊まりに来たこともある。君のお父さんが運転する自動車で（僕らの父親の世代で車の免許を持っている人は珍しかった）、奥多摩の秋川渓谷に連れて行ってもらい、渓流で一緒に泳いだこともある。そんなわけで、家族ぐるみというのに近いつきあいだった。

中学の途中から僕は関西に引っ越してしまったので、交流は途絶えたが、大学に入って東京に戻ってきてから、またつきあいが復活した。そのきっかけが何だったか、一生懸命思い出そうとしているのだけれど、どうしても思い出せない。僕らが関西にいる間、自宅を人に貸していて、僕が大学二年の時にまたその家に戻ってきたので、ある日突然君が僕の家のチャイムを鳴らしたというようなことだったのではなかったかしら？

君は早稲田の高等学院から、早大の理工学部数学科に進学していた。君は理科系、僕は文科系になったが、共通の話題は音楽のことだった。子供の頃、音楽を聴く環境は僕の家の方が恵まれていたので、僕らはよくうちで一緒にレコードを聴いた。君はチャイコフスキーの『胡桃割り人形』が大好きで、行進曲に合わせて踊るように飛び跳ねていた君の姿をはっきりと憶えている。

そんなふうに、二人ともともと音楽好きだったのだが、大学生になって再会した君は、音楽についてとても高度の学識を身につけていた。

オクターブを均等な割合で分割する〈平均律〉による調音法（現代ではこれが主流である）がいかに

欠陥の多いものであるか、〈純正調〉（ピュア・トーン）と呼ばれる考え方で調音したほうがどんなに美しく和音が響くかを、君は熱心に語っていた。君の話を聞きながら、美しい音楽というものが、君の人生の中で極めて重要な意味を持つようになっているのを感じた。

また、作曲家の高橋悠治が演奏するバッハの分析的なすばらしさを教えてくれたのも君だった。高橋悠治のバッハのレコードを「ぜひ聴け」と言って持ってきたものの、一緒に聴きながら「よくないかな？」とちょっと心配そうに僕の顔を見た君の表情を、よく憶えている。僕もその演奏がとても魅力的だと思ったので、「すごく気に入った」と力を込めて言うと、君はうれしそうにしていたね。

特に大学を卒業する前後の時期、君は毎週と言っていいぐらい、頻繁に僕の家に遊びに来ていた。僕の実家の近くに市民プールがあり、君は一人で泳ぎに来ては、帰りに僕の家に寄っていったのだった。君の中に晴れやらぬ憂悶があることは、何となく感じられた。「単位が不足で、留年になりそうだ」と、君は鬱屈した表情を浮かべていた。数学科の勉強が楽しくなく、大学に友人があまりいないとも言っていた。でも、僕は君の悩みに深く立ち入ろうとは思わなかったし、君もそれを望んではいなかったと思う。

これは君が亡くなったあとで母上から聞いたことだが、君は高校時代から作曲を始めていて、将来作曲家になりたいという夢を持っていた。君は自分が書いた曲をカセット・テープに入れて、作曲家の柴田南雄氏のもとに送って批評を乞うたそうだね。柴田氏から返事が来て、それには、「これから作曲をやるのならば、数学の勉強をきちっとやっておく必要がある、まず大学でその方面の勉強をして、卒業してから本格的に音楽の勉強をしても遅くはない」というアドバイスが書いてあったそうだ。君が数学科に進学したのは、そのアドバイスに従った結果だったのだね。

しかし、不幸なことに、数学の勉強は君の資質に合っていなかった。

当時、僕も国文科に在籍していたものの、卒業後どうするかも決まらず、とりあえず大学院を受けてみようかと考えていたが、受かるという自信もなかった。「大学院の受験に失敗したら、僕も留年するかもしれない」と言うと、君はホッとしたような表情を隠せない風情だったね。自分だけが将来の方向も見定められないまま足踏みしていると思うと、つらかったのだろう。

卒業する年のはじめ、僕は国文科の大学院を受け、運良く受かってしまった。その次に君が来た時、「大学院に進学することになった」と告げると、君はショックを受けたような顔をしていた。誇り高い君のことだから、あらわに表情に出さないように努めてはいたけれど。僕も何も気がつかないような顔をしていた。君はもうその時点で、留年が確定していたのだった。

それ以後も、君は週に一度ぐらいプールで泳いでは、帰りに寄って長い時間話をしていった。そのころはなぜか、僕が君の家に行くことはあまりなくなっていて、もっぱら君が僕の家に来ていたように思う。子供の頃からの友だちである君と音楽や文学の話をしていると、何も構える必要がなくて楽しかった。四月からは僕は院生になり、君は二度目の四年生をやることになるけれど、お互いに将来のことなんかまだ何もわからない。そんな気楽な若者同士、今までのような交流が続いていくものと信じていた。

最後に会ったのは、どういういきさつだったかはもう忘れてしまったけれど、僕らの家の近くにある団地の公園でだった。僕らが子供の頃から、学校が終わったあとで集まっては遊んだ場所の一つだ。夕暮れが迫っていた。僕らはブランコに並んですわって、いろいろな話をした。音楽のこと、文学のこと、子供の頃の思い出、いつも通りの気ままなおしゃべりで、何も深刻なことは話題にならなかったと思う。

そろそろおなかもすいてきたし、帰ろうかということになり、君は手を振って自転車をこいで去っていった。夕闇が迫る中、葉桜の揺れる並木を君が遠ざかっていった姿を今でも憶えている。それが最後に見た君の姿だった。

その後しばらく君は姿を見せず、五月の連休の頃のある休日の朝、小学校の同級生だった女の子から突然電話があった。「K君が亡くなったという話を聞いたが、本当か」という電話だった。

僕は驚愕して、信じられない思いのまま君の家に飛んでいった。君は黒い布をかぶせられた四角い箱になって、僕を出迎えてくれた。少し前に洗礼を受けていたとのことで、布には白く十字架が印されていた。

君の母上は、「朝起きたら亡くなっていた」と言って泣かれた。ことばが出てこなかった。それから、君の母上とどんな話をしたのか、あまりよく思い出せない。お互いにただ呆然としていたのだろう。憶えているのは、僕が君に本を数冊借りっぱなしになっていて、それをお返ししたいというと、母上が、「見るのもつらいから、そのまま持っていて」とおっしゃったこと。そして、君が愛聴していたレコードも見るのがつらいから、どれでも好きなだけ持っていって、とおっしゃったことだ。何度も辞退したが、結局君が「いい演奏だから聴いてみて」と言って持ってきて、僕の家で一緒に聴いた思い出のあるブルックナーの第九交響曲、オイゲン・ヨッフム指揮ベルリン・フィルハーモニーが演奏したレコードを抱えて帰ってきた。自らの死の予感に満ちた、ブルックナーの最後の交響曲……。

　僕が君の家に行ったのは、それが最後だ。後から弔問に訪れた僕の母親に対して、君の母上は、「一周忌が過ぎたら、親しかった方にお話ししたいことがある」とおっしゃったそうだ。でも、結局一周忌が過ぎても君の母上からはなんの連絡もなかった。

それ以来、僕は心の片隅に君の面影を抱きながら生きてきた。こうして書き綴っていると、そのころの僕が君の気持ちを充分に理解しようとしなかったこと、君の痛みにあまりに鈍感だったことに改めて気づかされ、本当に情けなくなる。

　でも、君はおそらくそのことで僕を恨んではいないだろうと思う。最後に会った時、僕らは笑って手を振り合って別れはしなかっただろうか。

　君は二十二歳で死んだ。君はいつまでも二十二歳のままだ。いい年をしたおっさんになって、日々の生活にあえいでいる今の僕を見たら、君はきっと大笑いするだろう。青年のままの姿をした君と一緒に、もう一度大きな声で笑ってみたい。

　君の声も、君の仕草も、まるで昨日別れたばかりのように、まざまざと甦る。しかし、考えてみると、君が死んでからもう二十八年も経ってしまったのだ。君は、コンパクト・ディスクもパソコンも知らずに死んだのだ。

Ｋよ。こちらの世界はもう秋だ。道を歩いていると、どこからともなくキンモクセイが薫ってくる。僕らが一緒に遊んだり、おしゃべりしたりした日々は遠くなってしまったけれど、あれらの日々はいつも僕のとなりにあるような気もする。僕らはいつでもこんな形で話をしようと思えばできるのだ。こんな沈黙の会話でよければ、僕が生きている間は時々こうしておしゃべりをしようじゃないか。

僕らは友だちなのだから。

文学教育のゆくえ　*2005.11*

国語という教科の中で、小説や詩などの文学作品が教材となることは、かつては当たり前のことだったが、近年ではそれがあやしくなりつつある。文学作品の読解に時間を費やすことは、論理的な思考を育てる上でも、実践的な言語能力を身につける上でも非効率的である、という雰囲気が広まりつつあるのだ。

先日、ある学会で行われた報告に、「文学作品を教材とすることは害の方が多いから、もうやめるべきだ」という趣旨のものがあった。

具体的には、「日本の陸軍少年飛行兵を志願した朝鮮人少年」という文章を読ませて、複雑な歴史的背景を踏まえて読むことでアクチュアルな問題意識を持たせようとした実験授業が必ずしも成功しなかったという報告者自身の体験から出発する。初読の感想を書かせたところ、生徒の約七割が少年の志願に対して単純に肯定的・共感的な読み方をした。その理由は、「前向き」「プラス志向」というようなところに集約される。つまり、教室という場では「前向きの決断」というようなものが評価されるという判断が生徒の内面で起動し、彼らはその方向で文学作品を読もうとする（報告者はそれを「学校的・教室的思考のマスター・コード化」と呼ぶ）。そして、作品そのものが内包している複雑な側面に目を閉ざしてしまう。それを相対化するためにはじっくりとした取り組みや、様々な理論的な装置が必要だが、現場の教員にはそれだけの時間もエネルギーも与えられていない。表層的な読解に収斂させるのが精一杯である。その結果、教室で文学をまじめに読めば読むほど真の意味での読解力は低下する。それぐらいなら、文学作品を教材にすることはもうやめた方がいい、という主張である。

また、報告者は、「心を育てる」とか「人格の形成に関与する」といった過剰な期待や欲望を国語教育に持ち込むことは誤りであると断言する。そして、制度としての国語教育は、リテラシーとコミュニケーションのスキルを獲得し、自らの思考・身体を秩序化する場であって、それ以上でも以下でもない、国語教育はそのことに徹するべきだという。文学作品を読んで、紋切り型のコード化された〈主題〉に到達することをおぼえるよりも、自民党と民主党のマニフェストの違いを読みとれるスキルを磨く方が、社会に出てからよほど役に立つ、というのである。

主張としては明確である。しかも報告者は教員養成系の大学で国語教育を担当している人、つまり国語の教員を送り出している側の人であり、その当事者が「文学教育なんかやめちまえ」と主張したのだから、そうとうインパクトがあった。

文学作品を教材とすることの難しさは、教員なら誰しも実感として知っていることだが、一九九七年の教育課程審議会が出した答申が、この問題を改めて顕在化させることになった。即ちその答申においては、「現在の国語教育は、文章の読み取り、特に文学的な文章の読みとりに時間を割きすぎているので、読むことだけではなく、書くこと、話すこと、聞くことを併せた四つの能力をバランスよく育てることを目標とすべきである」という指導方針が打ち出されていた。それ以降の文科省の国語の指導方針は、基本的にこのガイド・ラインに沿った形で現在に至っている。

読む・書く・話す・聞く、という四つの能力のバランスが大事、という判断は、それ自体としては間違っているわけではないと思う。ただ、文科省はいつもそうなのだが、総花的な方針は打ち出しても、具体的にどのような取り組みをすればいいのかは現場に丸投げするので、教員は困ってしまうのである。現場の先生はおおむね真面目だから、文科省の指導方針を素直に受け止めて、ディベートを導入したり、創作の授業を取り入れたり、様々な工夫をしているが、文章読解の授業が長い伝統を持ち、それなりのノウハウの蓄積もあるのに対して、そうした新しい取り組みはまだ手探り状態なので、結果として新たな取り組みはまだ目立った成果をもたらさず、じっくり文章を読む時間が削減されたことで単に読解力が低下しただけに終わってしまっている、というのが、今現場の教員が一番悩んでいるところなのである。

文学作品を読むことはやめてしまって、マニフェストの読み方や、依頼状の書き方、ディベートの仕方などを中心に国語の授業をやっていけばそれでいいのか。

多くの教員が頭を悩ませている問題であり、僕自身も長い間迷いを感じつつ授業をしているのだが（大学の教員だって例外ではない。誤字だらけの文意不明のレポートを前にすると、『源氏物語』がどうのこうのと教える前に、漢字の読み書きや作文の作法をしっかり教えた方が社会に出てから役に立つよなと、真剣に悩むのである）、僕自身は文学教材不要論は間違っていると思う。

まず、フィクションの物語についていうと、物語の中では複数の人物、複数の出来事が動いている。物語を読むということは、それらの複数の人物や出来事を俯瞰的に見る視点を学ぶことになる。たとえば、夏目漱石の『こころ』には、先生のほかに奥さんや友人のKなどの人物が登場し、出来事はそれぞれの人物が絡み合うことによって進行する。それゆえ、それぞれの当事者の心の中に分け入る努力をしなければ、進行する出来事が総体としてどのような意味を持つのかが理解できない。作中人物になり代わって読むことが大切だというような単純なことではなく、自分という枠を抜け出して、個々の人物の内面まで含めた世界全体を一定のパースペクティブのもとに俯瞰する見方が必要とされるということである。

『こころ』の場合には、その先生をめぐる過去の物語の外側に、語り手「私」がいて、「私」から見た先生の過去というかたちでそうした超越的な視座が与えられているわけだが、そこにはさらにその「私」をめぐる世界と物語とがあり、それを外側から見る視点は読者自身が自分の力で獲得しなければならない。そのような入れ子型の構造を読みとることで、外側の超越的な視点というものも相対化されうるものだということを学ぶことができる。こうした俯瞰的な視点を身につけることは、たとえば自分の思惑と他者の思惑とがぶつかりあってその〈場〉が構成されているのだということをリアルにイメージしたり、自分が直接関わっていることと、自分は関わっていないが別のところで起こっているはずの出来事とがどう関係するのかを考えたりするというような、現実生活における想像力の問題につながっていく大事な訓練であるはずだ。その想像力のトレーニングを実地に行うためには、フィクションの物語の世界をくぐることが殆ど唯一の回路なのである。

次に、詩歌のような韻文学を学ぶ必要がどこにあるのかということだが、詩歌の表現は、意図することを簡潔正確に伝達するという日常の言語が目指しているところとは異質な原理によって成り立っている。

古池や蛙とびこむ水の音　（芭蕉）

この句は、古池に蛙が飛び込む水音が聞こえた、という事実を伝えているわけではない。自分が聞いた事実だけを伝えるのが目的ならば、俳句にする必要はない。俳句の形をとらなければイメージできない水音があるのであり、その後の静寂の拡がりがある。そしてそれに耳を傾けている主体の内面がある。それは説明的なことばでは表現できない何かである。作者が言いたい何かがあって、それを伝える手段としてことばをみれば、これほど効率の悪い形式もないだろう。しかし、ことばは単なるコミュニケーションの道具ではない。最短距離を通って意志を伝達するという以外の様々な可能性が、ことばには存在する。そのことを知った上でことばを用いることは、日常生活においても、取扱説明書のようなことばの使い方しか知らないで使っているよりもはるかに有益なことである。そのような表現に十代の頃に触れておくことには、大きな意義がある。

ここでは物語と詩歌に分けて文学に接する必要性を主張したわけだが、根底にある問題として改めて確認したいのは、日常的なコミュニケーションのためのことばと、文学のことばという二つの別々のものがあるわけではないということである。自分の中にある溢れる思い（悲しみ、喜び、怒り、嘆き）をどうやって他者に伝えることができるのか、あるいは深い悲しみや嘆きの中にいる友人とどのような会話を交わすべきなのか、そのような場合に自分の中から取り出される言語表現の質は、文学的な発想や表現と明らかにつながっている。文学的なレトリックがコミュニケーションの役に立つというようなことが言いたいのではなく、心の働かせ方としてつながっているはずだということだ（心それ自体は半ば生理的な次元のものだが、それを意志によって制御しようとする時には必ずことばが関与する）。「心を育てる」という文学教育観はナンセンスだという意見に対しては、一定の方向へ導くというような意味での心の教育は無意味だが、文学のことばが子供の情調にとって不可欠な栄養素であることは否定できないではないかと答えたい。

もっとも、ここまでに述べてきたことは、若い頃に文学に接することが大切だということであって、教室で教材として取り上げなければいけない理由の説明にはなっていない。

これまで当たり前だと考えられていた教室での一斉授業という形式が、学級崩壊というような現実的な問題に直面して、深刻な見直しを迫られている。僕自身も、教室という枠組みがもはやリアリティを失いつつあるという意見には半ば賛成するし、少なくとも同じ空間に閉じこめて教師の方に意識を集中させるという形式以外の、多様な授業形態が模索されるべきだと考えている。

しかし、その問題とは別に、自分一人でなく、複数の人間、それも同世代の友人がいる空間で、文学のことばに触れるという体験は大切だと思う。なぜかというと、自分の読み方、感じ方を相対化するような視点が、教師による誘導という強権的な形ではなく、自然な形で体得されることが重要だと思うからだ。別にディベートをやらなくても、それぞれの読み方、感じ方が違っているということは、場を共有していれば肌で感じるはずで、そのような場の空気の中で自分というものを見つめる経験がとても貴重だと思うのだ（場の空気が自由なものであることは必須である）。ことばの問題は、根本的には、自分と他者とが共に生きていくことに関わる問題である。その際に必要な思考と感受性を身につけるためには、一人の読書の場だけではなく、同世代のグループを通しての体験の場が与えられることに大きな意味があると思う。

「センター試験に小説の大問を出すのはやめるべきだ」という意見があるが、この意見にはおおむね賛成である。文学のことばは大事な教材だが、試験の素材とすべきではない。「この時この人物がこういう行動をとったのはどのような気持ちからか」とか、「この小説で作者は何を伝えようとしているのか」というような問題を出して、生徒たちの答えを点数で評価することは、あまりよい教育効果をもたらさないだろう。教材が定着したかどうかを確認し、定着度の違いによって成績をつけなければならない以上、またそれがその学年を担当している国語科の教員の共同作業である以上、定着度をチェックするのに試験という方法は避けられないということは理解できる。しかし、文学に正解はないと本心では思っていながら試験で正解を問うというのは欺瞞である。文学作品を範囲として試験をするのならば、漢字の読み書き、接続詞の用法や文法といった正誤がはっきりする形式的な問題だけに限定すべきだと思う。

試験という制度を前提とする〈正解到達主義〉こそが、文学教育の最大の敵である。

怪獣たちのいるところ　*2006.3*

子供の頃から、怪獣が好きである。なかでもゴジラは、ちょっと大げさに言うと、ずっと自分の分身のように感じ続けてきた。

好きが高じて、ゴジラは、秩序以前の自然を象徴する存在であると同時に、怨みを呑んで死んだ犠牲者の怨霊が具現化した御霊神、エネルギーへの強迫観念の形象化、といった様々な象徴的機能を重層的に担った存在であり、ゴジラという怪獣を生み出したものは、映画の制作スタッフという現実の作り手の背後にある、戦後の日本人の集合的無意識のようなものであった、という趣旨の論文を書いたことがある（「ゴジラの記号学」『青山語文』二〇〇六年三月）。

ゴジラがこの世に姿を現したのは、昭和二十九年（一九五四）に封切られた東宝映画『ゴジラ』が最初である。海底深く眠っていたジュラ紀の海棲爬虫類が、水爆実験によって巨大化してよみがえり、人類に襲いかかってくる、というストーリーだが、この年にアメリカがビキニ環礁で行った水爆実験により、日本の漁船第五福竜丸が被爆したという事件が、このような映画が制作されたことの背景にある。わずか二年前の昭和二十七年までは、日本はアメリカの占領下にあり、ＧＨＱによる文化政策があらゆる文化を検閲していたから、二年前であればおそらく『ゴジラ』を制作することは不可能だった。その意味でゴジラは、日本がアメリカの支配下から脱してはじめて自力で歩み始めた頃の文化的事業の一つであり、ゴジラの歩みは戦後日本人の歩みと重なるのだ。

といっても、僕はこの第一作の『ゴジラ』をリアルタイムでは見ていない。内緒の話だが、僕はこの年に生まれていて、僕がご生誕あらせられてから一箇月ほど経って『ゴジラ』が公開された。生後一箇月の赤ん坊が『ゴジラ』を映画館で見ているはずがない。

その後、東宝は昭和三十年に『ゴジラの逆襲』、三十一年に『空の大怪獣ラドン』と、ほぼ一年に一本のペースで怪獣映画を作り続けるが、ぼくがはじめてリアルタイムで映画館で見た東宝の怪獣映画は、たぶん昭和三十七年の『キングコング対ゴジラ』である。南海の島ファロ島から運ばれてきたキングコングが、北の海からやってきたゴジラと日本で遭遇し、戦うというストーリーである。この映画のために、東宝はキングコングのキャラクターの権利を五年間契約で借り受けたのだそうだ。

この映画については、米ソ冷戦時代の暗喩であるという説がある。キングコングはアメリカ資本主義を象徴するもの、北の氷山の中から出現したゴジラは、北の脅威であるソビエトを象徴している、というわけだ。

この見方は多分当たっていると思うけれど、子供だった僕にはもちろんそんなことはわからなかった。ただ、両怪獣の戦いぶりに見入りながら感じたのは、ゴジラの圧倒的な存在感だったと思う。制作者側の意図としては、特に子供の観客に対しては、より人間に近いキャラクターであるキングコングの方に感情移入させ、ゴジラを敵役として配置するという物語設計だったはずだが、僕たち子供の受け止め方は逆だった。自分の攻撃がゴジラに効果がないのを見て、頭に手を当てて首をかしげたりするキングコングの仕草は、映画を見ている観客の失笑は買っていたけれど、決して共感を呼びはしなかった。特に僕らのような子供は、無表情でより原始的、攻撃的なゴジラの方に夢中になっていた。ゴジラは、巨大で、強力なエネルギーを内蔵し、そして憤怒に燃えていた。その巨大なゴジラが周囲のあらゆるものを破壊しながらゆっくりと前進していくその迫力に、僕らは夢中になっていたのだ。

次に制作された『モスラ対ゴジラ』（昭和三十九年）でも、無分別な開発業者に抗するかのように、ゴジラは全身から怒りのエネルギーを発散しつつ暴れ回る。人間の側に立つ怪獣モスラは、ストーリーの中では善玉のはずなのだが、蛾のでかいやつ（幼虫は蚕のでかいのみたいなやつ）というキャラクターのせいもあって、どうにも感情移入しづらかった。

僕らはひたすらゴジラが見たかったのだ。

もちろん、当時子供だった僕がそんなに難しいことを考えていたわけではない。ゴジラの持っている強さと破壊力に、ひたすら憧れていただけだ。その憧れの中に潜んでいた感情を、もう少しこ難かしい言い方で表現すれば、おそらく次のようなことになるだろう。

これから大人にならなければいけない子供にとって、大人の世界は何やらうさんくさく、面倒な決まりや手続きを守って生きていかなければいけないらしい、ということは何となく感じていた。そういう子供にとって、大人が勝手に作った世界を有無をいわせずぶっ壊して前進していくゴジラの姿が、何とも言えずかっこよく映ったのだ。ゴジラが咆吼し、口から火を噴き、巨大な尾でもって建物をなぎ倒しながら前進していくのを見ながら、僕らは心の中で、「もっとやれ、もっと壊せ！」と叫んでいたのだ。

まさしくゴジラは、僕たち子供にとっては、破壊の神だった。

だから、僕はいつも思うのだけれど、ゴジラにとって大切なのは、神として身につけているべき威厳（dignity）なのである。初代ゴジラを演出する際に、特技監督の円谷英二は、「絶対に足の裏を見せるな。すり足で歩け」と指示したそうだが、しずしずと、しかし絶対的な破壊力を持って進行してくる荘重さにこそ、自然神としてのゴジラの真の姿がある。

ハリウッド製の『ゴジラ』（一九九八年）が公開された時、ジョージ・ルーカスやスティーブン・スピルバーグが「あんなのはゴジラじゃない！」と言って怒ったそうだが、アメリカ人でもわかる人にはわかっているのだろう。

僕だけではなく、そのころ親しくしていた友だちはみんな怪獣が大好きだったが、僕らが等しく怪獣に憧れたのには、地縁的な理由もあった。

僕らが通っていた小学校は、これらの怪獣映画を制作していた東宝撮影所の近くにあったのだ。一五年生ぐらいの時だっただろうか、僕ら数人の同級生は、のこのこ撮影所まで出かけていった。一番度胸がよかったK君がみんなを代表して、守衛さんに「見学させてください」と堂々と申し入れた。すると守衛さんは、正門にかかっている木製の看板を指さして、「僕たち、あれが読めないの？」と冷たく言い放った。そこには思いきり大きな文字で「見学お断りします」と書いてあった。帰り道、K君はふてくされたように半ズボンのポケットに手を突っ込みながら、「どうして見学させてくれないんだろうなあ」とつぶやいたものだ。

怪獣映画の特撮の草分け、円谷英二が興した円谷プロダクションも近くにあった。円谷英二の自宅などは、もう小学校のすぐそばで、英二の孫に当たる子が同じ小学校に在籍していたりした。だから僕らにとって、怪獣映画の公開は特別身近に感じるような事件だった。

昭和三十九年（一九六四）に公開された『三大怪獣・地球最大の決戦』を、僕はロードショーの時に見逃した。たぶん、父親が忙しくて連れて行ってもらえなかったのだろう。後から気づいて、悪ガキ仲間にその話をしたら、なぜかみんなこの映画を見逃していた。新聞で確かめると、小田急線の登戸の映画館でまだやっているらしいことがわかった。相談した結果、日曜日に友だち三人と、お小遣いを握りしめて、ゴジラを見に登戸まで出かけていった。

そのころの登戸は、まだ田舎だった。駅を出ても商店街というほどのものが何もない。畑の中を少し歩くと、多摩川の堤に出てしまった。映画館なんてどこにもない。しばらく呆然としていた悪ガキ三人組は、ようやく気を取り直し、多摩川で石切りなどをして少し遊んでからとぼとぼと帰ってきた。

登戸まで出かけたことは、親には言わなかった。小学生の男の子の、ささやかな冒険の思い出である。でも、運良く映画館が見つかって、『三大怪獣』が見られたとしても、僕ら三人はがっかりしたかもしれない。

この映画では、宇宙人に操られたキングギドラという怪獣がはじめて登場し、ゴジラはモスラやラドンとともに、地球を守るために戦うことになる。つまり、ゴジラはこの時はじめて、人間の味方、正義の味方になってしまうのである。僕は後年この映画を見た時、「ゴジラが転向してしまった」ととてもがっかりした。

多義的で複雑な性格を持ったサブカルチュアの英雄は、一定の時が経つと単純化され、悪と戦う正義の味方になってしまうケースが多い。ゴジラだけでなく、アトムも、ゲゲゲの鬼太郎も、みんなそうだ。なぜそうなってしまうのかということは、考えるに値する問題だと思う。

僕は正義の味方になってしまったゴジラが好きになれなかった。一緒に地球を守ろうと説得するモスラの話（?）に耳を傾けているゴジラの姿を見るのは悲しかった。

この映画から後のゴジラは、もう以前のゴジラではなくなってしまった。自身が宇宙人の怪電波に操られたり、公害と戦ったり、最後に息子を守るために戦うらしい映画が話題になった頃には、もう僕の気持ちは完全にゴジラから離れていた。

当時、東宝の怪獣路線がヒットしたため、他の映画会社も争って怪獣ものを作るようになっていて、たとえば大映（当時）が作ったガメラなんかも公開されてそれなりに話題になっていたが、それらにはまったく興味がもてなかった。巨大な亀が火を噴きながら空を飛ぶという基本コンセプトの時点で、「もういいです」という感じだった。

僕にとって、怪獣映画とは東宝の怪獣映画のことであり、怪獣とはほとんどゴジラと同義語だった。だから、ゴジラにさよならを言った時点で、僕は小さい時から憧れ続けた怪獣の世界に別れを告げたことになったのだ。それはきっと、僕がもう子供ではなくなる第一歩だったのだろう。

僕らがゴジラに夢中になっていた子供の頃と較べて、現在では社会全体が確実に悪くなっているという気がしている。それは「昔は良かった」式の郷愁ではなく、何度考え直してみても否定できない事実のように思われるのだ。

なぜそうなってしまったのか、またこれ以上社会を悪くしないで次の世代に手渡していくためには、僕らは何をしたらいいのか。そういうことを、僕はゴジラを通して考え続けていきたいと思っている。

生きているシャーロック・ホームズ

2006.5

（「シャーロック・ホームズは死なず」改題）

少年少女の頃に、シャーロック・ホームズ物を愛読したという人は多いだろう。

僕は小学校の図書室で出会ったポプラ社のアルセーヌ・リュパン（当時はルパンと言っていた）物から入って、ホームズへと進み、そのまま本格推理小説のファンになったが、これも多くの読者がたどるお定まりのコースだろう。

シャーロック・ホームズは大人が読んでも面白い。僕もこれまでに何度読み返したかわからない。トリックと意外な犯人が売りの本格ミステリーは、はじめて読んだ時の驚きがポイントだから、なかなか再読に耐えるというわけにはいかない。ところが、シャーロック・ホームズは何度読み返しても面白い。ストーリー・テリングのうまさ、ヴィクトリア朝イギリスの趣のある雰囲気、霧とガス燈と馬車のロンドンの風景など、トリックや意外性以外の部分の魅力が大きいからだろう。

それから、何より大きな魅力の一つに、名探偵シャーロック・ホームズその人のキャラクターの面白さがある。鋭敏さとある種の退廃が同居している人格や、人並み外れた体力と行動力なども魅力的だが、何よりも僕らを惹きつけてやまないのは、久しぶりに相棒のワトソン博士に会ったとたんに、また開業医として働き始めたとか、最近雨にあってずぶ濡れになったとか、君の家にはずぼらな女中がいるとか、何も言わないうちに見抜いてしまう観察力と推理力である。ホームズが相手のことを鋭く見抜くこの独特の能力を発揮すると、読者である僕たちもなんだか胸がすくような快感を覚えるのだ。

ホームズは訪ねてきた依頼人の女性を一目見るなり、「近眼でタイプライターを打ち続けるのはずいぶん大変でしょう?」などと話しかけて、相手を驚かせる（『花婿の正体』）。袖口についた二本の線でタイプライターを打つことを職業としていることを推理し、鼻の両側にあるくぼみから仕事をする時には鼻眼鏡をかけていることを推測するのである。ホームズはまた、女性の指についていたインクのしみを見逃さず、彼女が出がけに急いで手紙を書いたことを推測したりする。つまり、対象への鋭い観察に基づく帰納的な推理の的確さが、ホームズの探偵術の重要な要素となっているのだ。

このホームズの観察と推理力については、作者コナン・ドイルがエディンバラ大学で指導を受けたジョセフ・ベル博士のキャラクターからヒントを得たと自ら書き残している。ベル博士は、相手の服装や仕草に見られるちょっとしたことをヒントに、その人の出身や職業を当てるという特技を持っていたらしい。でも、実在のモデルがいるということは、なぜホームズのキャラクターがこんなにも読者を魅了するのかということについての説明にはならない。

面白いのは、物語の中でこうした能力を与えられているのはホームズだけではないということだ。ホームズにはマイクロフトという七歳年上の兄がいて、この兄が弟を上回るほどの観察と推理の能力を持っている。

この兄弟、通りを歩いていく人を窓から見下ろしながら、こんな会話を交わすのだ。

「軍人あがりに見えるね」シャーロックがいった。

「ごく最近除隊になったんだ」とマイクロフトがいう。

「インド勤務だった」

「そして下士官だよ」

「兵科は砲兵のようだな」とシャーロックがいう。

「細君を亡くしている」

「だが子供が一人いるね」

「一人じゃないよ、君、一人ってことはない」

（『ギリシャ語通訳』）

ホームズはワトソンに、「君は見ているだけで観察をしていないだけだ。ただ見るのと観察するのとは大違いだよ」と言う。善良なワトソンは、機会を与えられると懸命に対象を観察して、ホームズの真似をしようとする。

ワトソンはホームズと違って凡庸な人間の代表だから、ホームズのことばは、ホームズのような推理はきちんと身につければ誰でもできることだと示唆していることになる。誰にも真似のできない、その人にしかできない技は〈芸〉だが、方法を身につければ誰にも継承できる技は〈科学〉である。

ホームズは、自分の探偵術は〈科学〉なのだと言っているのだ。

シャーロック・ホームズ以前にも名探偵は存在していて、たとえばE・A・ポーが創出したオーギュスト・デュパンなどがそうだが、デュパンはいかにも天才肌の芸術家タイプの探偵だった。しかるにホームズは、少なくとも表面上は、自分の能力は特殊なものではなく、普遍性を持ったものだというように振る舞ってみせるのだ。この違いは何に由来するのだろうか。

十九世紀の前半を、偉大な個性に対して庶民が憧れを抱くロマンティシズムの時代であったとすれば、十九世紀の最後の三分の一ぐらいの西欧は、〈科学〉的な思考を通じて大衆の知の水準を引き上げることに興味が向かった時代であったと言える。その際に重要なトレンドとなったのが、〈表層〉から〈深層〉を読みとるという新しい知の形であった。目の前にある化石からその生物の生きている時の姿を復元する古生物学や人類学が飛躍的に進化したのは、この時代のことである。今生きている生物の生態から、その生物がどのような過程をたどって今のような姿に進化したのかを推理するダーウィニズムが受け入れられるのもこの時代である（『種の起源』が刊行されたのは一八五九年）。「あらゆる生き物は神が作りたもうたものだ」というキリスト教的な世界観が支配的であった時代には異端的な考え方と見なされかねなかったダーウィンの発想が受け入れられたのは、「帰納的な推理の妥当性」ということに人々が魅せられたからだ。表面に現れた症状や夢に見たことなどに基づいて、心の奥深くに眠っている原因を探るというフロイトの深層心理学が生まれたのもこの時代である（一八五六年生まれのフロイトはドイルより三歳年長だが、ほぼ同世代である）。

つまり、すべての事象は〈表層〉と〈深層〉から成り、表面に表れた現象は物事の本質ではなく、〈深層〉に隠された真の動機を探ることで世界の真理にたどり着くことができる、という発想が、この時代に西欧世界を席巻したのだ。われらがホームズの推理法も、こうした知のトレンドの一つの表れなのである。

シャーロック・ホームズによって、探偵は〈表層〉に現れた現象に基づき〈深層〉を読む主体となった。そして、ホームズ物語の中で、そのようなホームズの能力が特殊なものではなく普遍性を持ったものだと位置づけられているということは、〈深層〉に隠されている本質を知りたいという欲望が大衆化していたことを示唆している。

ホームズ物語が圧倒的な支持を受け、ホームズの名推理に人々が胸のすくような快感を味わったのは、それが自分たちの隠された欲望を満足させるものであったからだ。

ホームズが、スイスのライヘンバッハの滝に宿敵モリアティ教授と共に落下して死んだことにして、ドイルがいったんこのシリーズを終結させた時、連載されていた「ストランド・マガジン」誌には抗議の投書が殺到し、購読の取り消しも相次いだ。ホームズを死なせた作者は、愛読者を裏切ったと見なされたのだ。ホームズを熱愛していたらしき匿名の婦人からの投書にはただ一言、次のように書かれていたという。

「人でなし！」

単にホームズ物語が多くの熱烈な愛読者を獲得していたというだけでなく、深層に秘められている物事の本質に到達したいという大衆の欲望を代替する装置として、ホームズ物語が機能していたと考えると、シリーズの終結がこのようなアグレッシブな反応をひきおこしたこともよく理解できる。

そういえば、最初のホームズ物語である『緋色の研究』（一八八七年）が刊行された翌年、ロンドンでは有名な切り裂きジャック事件が起こっている。夜霧に紛れて何人もの娼婦を惨殺した犯人は結局捕まらなかったのだが、大衆紙の扇情的な報道のせいもあって、切り裂きジャック探しは当時のロンドンっ子の恰好の話題になった。霧の中に潜む真相＝〈深層〉。

一八八〇年代後半のロンドンということでは、エレファント・マンことジョン・メリックが話題になったのもこの時代のはずである。メリックは奇病のために醜い容貌となり、見せ物小屋に売られてエレファント・マンというあだ名でさらし者になっていたのだが、ある時ふとしたことから、動物のように扱われていたこのおとなしい青年が、聖書を暗唱し、詩の一節を口ずさむ知的な人物であることがわかって、人々の感動を呼んだという逸話だ。

〈表層〉からは見えない〈深層〉に潜んでいる真実。トピックはどこまでも同じ型をなぞってゆく。

情報化社会では、様々なメディアを通じて多様で断片的な情報が垂れ流され、またそれに基づいて誰もが勝手な推理を口にすることが許されている。情報が共有されている中で、自らの分析力の高さを自分独自の意見の形で開陳したいという欲望に、僕らはとらわれている。自分は他の大衆よりも分析力・推理力に秀でた人間だということを示したいという欲望、大多数の人間よりも一段高い目線から状況を見下ろしたいという欲望。そのような欲望が、現代の大衆総評論家的状況を支えている。そうした、情報と大衆の知的欲望とが結託して様々な推理や臆断が飛び交う社会状況が、十九世紀の末頃から顕在化し、今に至るまで続いている。シャーロック・ホームズ物語以降のいわゆる本格ミステリーは、そのような大衆の「知りたい欲望」「真相を暴きたい欲望」と深く関わっている。

ドイルは、シャーロック・ホームズ・シリーズに終止符を打った後、晩年に一連の空想科学小説風の作品を書いている。その中でおそらくもっとも有名なのが、『失われた世界』（一九一二年）だろう。南米の奥地に、絶滅したはずのジュラ紀の恐竜が生息する地域があるのが発見され、古生物学者チャレンジャー教授に率いられた探検隊がひそかに潜入する、という冒険ものである。

一見すると、シャーロック・ホームズとはまったく別のジャンルの物語のようだが、ここにも一般の人々には知られていない世界、世界の表面からは隠されている世界の存在を暴き出す、という同型のモチーフが反復されている。『失われた世界』のチャレンジャー教授は、引退したシャーロック・ホームズの生まれ変わりといってもよい存在なのだ。

『失われた世界』のストーリーは、今では別段新しさもないが、この作品が書かれたからこそ、ハリウッド映画の『キングコング』（一九三三年）も生まれ、『ジュラシック・パーク』（一九九三年）も生まれた。特に『ジュラシック・パーク』は、ストーリーの類似から見ても、『失われた世界』の直系の子孫といってよい。

ただし、大きな違いは、ドイルの『失われた世界』が誰にも知られていなかった太古の世界の存在を見出す物語であるのに対して、『ジュラシック・パーク』は遺伝子を操作してジュラ紀の恐竜の住む世界を人工的に作り出そうとするところにある。

日常的な眼差しがとらえている〈表層〉の背後に、〈深層〉の真実あるいは失われた過去の世界が確固として存在しているというヴィジョンが、現代ではもう成り立たなくなっているのかもしれない。僕たちが住んでいる世界は、〈深層〉を欠いた、奥行きのない薄っぺらな世界なのだろうか。

鷗外の家

2006.6

大学院の学生だった頃、よく大学図書館の書庫に入り込んで、長い時間調べものをしていた。図書館の書庫は薄暗く、何層にも分かれていて、まるで迷路のようだったが、広いのであまり人に会うこともなく、ひとり閉じこもるにはいい場所だった。僕はその湿ったかびくさい紙の匂いのする空間が好きで、どうかすると半日ぐらいもそこで本を読んでいることがあった（そこここに一人掛けのライト付きの机があったので、本を読むのには困らなかった）。

ある時、何気なく書棚から本を手にとって裏見返しを見たら、「鷗外蔵書」という蔵書印が押してあったので、びっくりした。

森鷗外の蔵書は、鷗外の死後十数年経って千駄木の自宅が焼けた後、長男の於菟が東大図書館に寄贈したのだが、その膨大な蔵書は一応「鷗外文庫」と名付けられはしたものの、一括して保管されず、バラバラに分散されてしまった。まとめられていれば、鷗外の購入した図書の傾向や、著書をやりとりした交友圏などを探るための良き研究資料となっただろうが、バラバラにされたのでは改めて調査するのも容易ではない。

かつての森鷗外の蔵書がそんな受け入れ方で大学図書館に収まっているということは、以前耳にしたこともあったが、たまたまその時手にしたのが、そのようにしてばらされた中の一冊だったのだ。

何の本だったかはもう忘れてしまったが、いま自分が手にしている本が、鷗外その人が手にとり、その書斎にあった本なのかと思うと、特別な感慨があった。


森鷗外という人は、もちろん明治から大正にかけての日本における最高の知識人の一人だし、作家としても、特に晩年に書いたいわゆる史伝物は、文学史上例をみない、感嘆すべき作物だと思う。しかし、それ以上に僕の心をとらえて放さないのは、残された文献によって知られる、人間として、家庭人としての鷗外の、懐の深さと温かさだ。


鷗外には五人の子供がいた。長男の於菟、長女の茉莉、次男の不律（夭折）、次女の杏奴、三男の類である。

鷗外という人は、子供に国際的に通用する名前を付けることにこだわりを持っていた人で、順にオト（オットー）・マリ（マリー）・フリツ（フリッツ）・アンヌ・ルイと当時としては日本人にあるまじき名を付け、生きている中に生まれた孫の代にまで、爵（ジャク＝ジャック）、真章（マクス＝マックス）等と命名した（女の子二人はともかく、男の子の名前はみんなかわいそうだ）。

夭折した不律を除く四人の子供たちは、後年それぞれ鷗外の回想を書き残している。母親が違うせいもあって、長男於菟から末っ子の類までは二十歳近い年の差があり、父親の中年期から記憶している於菟に対して、下の二人は晩年の父の記憶しかないというような違いはあるが、みな等しく心から父鷗外を慕っていたことがそれらの回想を読むとひしひしと伝わってくる。

長男の於菟だけが最初の妻赤松登志子が生んだ子で、茉莉から下は登志子と死別した後再婚した妻しげ（志気）が生んだ子である。鷗外の母親峰としげとは折り合いが悪かった。世にはしげ悪妻説が流布しているけれど、子供たちが書いたものから判断する限り、悪妻というのは気の毒で、むしろ純粋で真っ直ぐな良さを持った人だったような気がする。ただ、姑に対して何でもご無理ごもっともと服従するタイプではなく、はっきりと物をいうタイプだったために、峰に煙たがられたということのようだ。

峰は幼くして母親をなくした於菟を溺愛したため、ある時期の観潮楼の中は、峰と於菟の二人が囲む食卓と、しげとその子供たちが囲む食卓との二つの家庭があるようになり、鷗外は二つの棟を繋ぐ長い廊下を行ったり来たりして生活していた。鷗外自身、この時期のことを短編『半日』に書いているが、そうした家庭人として苦悩する鷗外の姿を、於菟の回想は冷静な目でよくとらえている（下の子供たちはまだ幼すぎて、状況がよく飲み込めていなかったのだろう）。

長女の茉莉は心底からの父親っ子で、鷗外もこのはじめての女の子を「お茉莉はかわいい」「お茉莉は上等よ」と溺愛した。

私は軍服を着た父が、好きだった。白い襟《カラア》の細く出た襟が少しゆるい。顎の角がかった、陽に灼けた父の顔には鋭い眼が光り、汚《けが》れのないうねった唇には、ハヴァナの香気が漂っているように、見えた。あぐらをかいて坐ると、胸の釦《ボタン》と釦との間がたるんだように口を開いていて、その軍服の胸の中に、小さな胸一杯の、私の恋と信頼とが、かけられているのだった。「パッパ」。それは私の心の全部だった。父の胸の中にも、私の恋しがる小さな心が、いつまでも、温かく包まれて入っていた。私の幼い恋と母の心との入っている、懐かしい軍服の胸で、あった。

（森茉莉『父の帽子』）

鷗外が軍医として日露戦争に従軍していた間、しげと茉莉とは、麻布明舟町のしげの実家に戻っていた。戦争が終結し、将校たちが東京に凱旋してきた日、鷗外もまた他の将校たちとともに参内し、天皇に戦勝の報告をした後、自宅に戻った。観潮楼には友人知人が大勢集まっており、それから祝宴になった。宴が終わり人々がいなくなるころには、夜中の十二時頃になっていた。

それから鷗外は外出の支度を始めた。これから麻布へ行くという。母峰は驚いて止め、「明日にしたら」「せめて車（人力車）を呼ぶから」等と説得したが、その声を背中に鷗外は家を出て行った。

戦争に行くのだから、もう生きては会えないかもしれないと心を痛めつつ帰りを待ちわびていた妻に、どんなに遅くなっても帰ってきたその日に顔を見せてやりたいと思ったのだろう。幼い茉莉の寝顔だけでも見たいとも思ったにちがいない。四十三歳の鷗外は、満州帰りの疲れた身体を引きずるように、真冬の深夜、千駄木の観潮楼から麻布明舟町まで二時間の道のりを歩いて、すでに閉まっていたしげの実家の戸を叩き、「開けてくれ。おれだ、おれだ」と呼ばわったという。
鷗外森林太郎とは、そういう人だった。

茉莉は十六歳で仏文学者山田珠樹と結婚するが、長男の爵が生まれたあと、フランスに留学した夫の後を追って日本を離れる。幼い子供を残して、母親までがヨーロッパへ行くことに、最初父方の親戚はこぞって反対したらしいが、それを説得して旅立たせたのが鷗外だった。しかし、この時には鷗外は既に病気が進んでおり、茉莉を何年かヨーロッパへやったらもう生きては会えないだろうことを悟っていたようだ。それを承知で、鷗外は娘の幸福を願って茉莉のヨーロッパ行きに賛成し、山田家側の親戚の所へ弱った身体を運んでねばり強く説得し、茉莉の洋行を実現させたのだった。
茉莉が旅立つ時、列車に群がる人々の後方に一人ぽつんと立って、いよいよ発車という間際、茉莉と目が合うと静かに微笑んで見せた鷗外の姿を、森茉莉は後年筆にしている。

車が揺れ始めた時、私の眼が父の顔へ行った。父は微笑した。そうして二度、三度、肯いた。幼い時からいく度か見た微笑だった。愛情に満ちた、それだった。父の顔が霞み、私は子供のように泣き出して、いた。
(『父の帽子』)

イギリスに滞在している時に父鷗外の訃報に接した茉莉は、一週間も泣きくらしたという。

茉莉が旅立った後、鷗外の病状は悪化する。離れて暮らしていた孫の爵は、死期の近づいた鷗外に会いに連れて行かれた時、鷗外が笑うのを見て、「こわい、こわい」と言った。鷗外は、「うむ、よしよし、こわければ向こうへ行け」と言って、寂しげな顔をしたという。かつて鷗外が夏目漱石の弔問に訪れた時、受付にいたまだ学生だった芥川龍之介が、あまり立派な顔をしているので驚いたというぐらい、鴎外は立派な顔をした人だったが、もう死相が表れていたのかもしれない。

山田爵は後年フランス文学者となり、僕はその講義を一年間受講したことがある。鷗外と同じ部屋の空気を吸ったお孫さんの授業に出ていたことは、僕のひそかな誇りとするところだ（山田爵先生は、一九九三年に逝去された）。

余談だが、作家の故大岡昇平も僕の尊敬する人の一人なのだけれど、以前、大岡昇平の『成城だより』を読んでいたら、山田先生とは成城の住まいの隣組で、親しく交流している様子が書かれていた。縁というものを感じる。

下の二人の子供、杏奴と類は、年をとってから生まれた小さな子供たちとして、父鷗外のあふれるばかりの愛情を受けて育った。鷗外は杏奴のことを「パッパこ、アンヌこや」（森家では父親のことをパッパと呼ばせていた）と呼び、類のことを「パッパこ、ボンチこや」と呼んでかわいがった。

数年前、小堀杏奴が亡くなった後、杏奴が死ぬまで大切に保存していた杏奴宛ての鷗外の挿絵や押し花入りの手紙が公表されて話題になった。奈良へ出張した時の手紙は正倉院の庭に咲いていたナズナの押し花入りで、「杏奴に摘ませたい正倉院のナズナ」と添え書きがしてあった。その写真を見た時、父親鷗外の幼い娘を思うやさしさに思わず涙ぐみそうになった。

末の子類の回想には、また独特の魅力がある。彼は鷗外が死んだ時まだ十一歳に過ぎなかったから、本当に幼い子供の目から見た晩年の父親の姿である。弱虫で甘ったれの類は、夜中に目が醒めても一人でお手洗いに行くことができない。母しげは身体が丈夫でなく、夜中に起こされると翌日頭痛がするといってこぼすので、類は布団の中でしばらくがまんしているのだが、とうとう我慢しきれなくなると、小さな声で「パッパ、おしっこ」と言う。すると、黒い影がむくむくと起きあがって、類の手を引いてお手洗いに連れて行ってくれ、出てくるまで廊下にしゃがんで待っていて、また手を繋いで寝床まで連れて行ってくれたという。類もまた、年老いるまで、そのような大好きなパッパの思い出を語り続けてやまなかった。

鷗外は、このように温かく広い心で、子供たちを全力で愛しぬいた父親だった。現代ならば、こうした子煩悩な父親の振る舞いは、びっくりするほど珍しいものではないかもしれない。しかし、幕末に生を受け、明治という父権的な性格の強かった時代に生涯の大部分を送った男の家庭でのあり方としては、やはりとても特異だと思う。しかも、陸軍軍医総監という軍医として最高の地位についた後、晩年には帝室博物館（現、上野の国立博物館）館長と、図書頭（宮内省図書寮の長官）とを兼任していた男の家庭でのあり方としてみる時、鷗外の、胸の中に抱きしめるような子供たちへの接し方には、やはり心を打たれるものがある。

ときどき、学生諸君と本郷界隈の文学散歩をするのだけれど、その時には鷗外記念本郷図書館に立ち寄ることにしている。ここがかつての森鷗外邸、いわゆる観潮楼のあとなのだ。昭和の初めに一度火事で半分ぐらいが焼け、その後空襲で全焼した後、遺族が土地を区に寄贈して、今のような姿になった。横手は団子坂上で、上野の方角に向けて土地がすとんと下がっている高台の端にある。

この家が、かつて多くの文人墨客が出入りし、観潮楼歌会が開かれた、文学史上記念すべき家なのだが、僕にとってはむしろ、上に書いてきたような父親としての森鷗外が、家族と共に生活していたところという意味で、大切な場所である。

今はもうかつての邸宅の一部分でしかない狭い地所になってしまっているけれど、紛れもなくここが、子供たちの回想の中に出てくる家族が住んでいた場所なのだ。僕は図書館の入り口に立って、庭を眺める。この空間に、かつて「パッパ」「パッパ」と鷗外に飛びつく幼い子供たちの声が飛び交ったのだ。子供たちに向かって、「お茉莉や」「パッパこ、アンヌこや」とやさしく微笑みかける父鷗外の声が風のまにまに聞こえてきはしないかと、僕は耳をすませてみる。

もちろん、もうそんな声は聞こえはしない。でも、かつてその場所に住み、懸命に家族を愛して生きた人間の思いというものは、場所の記憶のようなものとなって残っているような気もする。

どんな場所でも、八十年も経てば、建っていた建物もなくなり、そこで暮らしていた人々もいなくなってしまう。そして後にはまた別の人々が住み、別の人生を懸命に生きていく。土地はただの空間であり、かつてそこに住んでいた人間のことを考えるのは後世の人間の単なる感傷に過ぎないという考え方もあるのだろうが、それは正しいのだろうか。どうなのだろう。

＊参考文献　森於菟『父親としての森鷗外』（ちくま文庫）、森茉莉『記憶の絵』（ちくま文庫）、同『父の帽子』（講談社文芸文庫）、小堀杏奴『晩年の父』（岩波文庫）、森類『鷗外の子供たち』（ちくま文庫）

＊後記　本文中で触れている記念図書館は、その後改築され、現在では立派な森鷗外記念館となっているが、かつての観潮楼の正門付近の遺構がなくなってしまったのは残念である。

明治村にて　*2006.11*

秋の学会で名古屋へ行ったついでに、犬山まで足を伸ばして明治村を見学してきた。建物が建っていたもともとの環境から切り離して上物だけ移設してもどれほどの意味があるかという懐疑的な気持ちもなくはないけれど、それでもこれらの貴重な建物が破壊されずに保存されていることには大きな意義があると思う（だいたいこの国は文化財の保存維持に関しては冷淡である）。

ときどき雨がぱらつく空模様のせいもあってか、幸い入場者も少なく、濡れた落ち葉とキンモクセイの匂いが漂う中をのんびりと見て回ったのだけれど、そこには、役所、銀行、郵便局、警察、病院、監獄、学校、軍隊など、国家や都市にとって必要な様々な性格の建物が一通り集められていた。それぞれに特色のある建物ばかりで、しかも当時としては斬新かつ極めて理にかなった建築ばかりで、今出来の薄っぺらな建物が一つもないことに感銘を受けた。

それだけではない。さすがにこれだけの数の建造物と相対していると、次第に明治という時代の「精神のかたち」が見えてくるような気がした。ひと言で言い表すならば、それは涙ぐましいほど真面目で、けなげな時代であったということだ。

文学者に関係のある建物も、漱石の「猫の家」（漱石以前に鷗外も住んだことがある）、露伴の「蝸牛庵」、啄木一家が下宿していた本郷の「喜之床」などが移築されていたのだが、ここでは文学とは無縁の、西郷従道の邸宅の印象について述べたい。

西郷従道の邸宅は、代官山の近くの、今は西郷山公園と呼ばれている場所に立っていた。明治十年代の建造だそうだ。外から見ると、二階の半円形のバルコニーが印象的な洋館で、中に入ってみても、そこは完全に西洋の貴族階級の邸宅のようで、小型の鹿鳴館といった趣がある。食堂に入ると、もちろん西洋式のテーブルとイスで、テーブル・マナーの講習のように、磨きあがられたナイフやフォーク、スプーンなどが並んでいる。

明治十年代といえば、家庭では男も女も和服で、女は髷に結っているのが普通の時代だった。それどころか、ほんの十数年前までは男たちは頭にちょんまげを載せて暮らしていたのだ（超保守派だった薩摩藩の島津久光などは、明治二十年に死ぬまで髷を結い続けていた）。そんな彼らにとって、こんな映画『風と共に去りぬ』の邸宅のような空間が居心地がいいはずがない。しかし、彼らはその居心地の悪さに耐え、ここで欧米の外交官を相手にテーブルを囲み、ナイフとフォークを手に談笑して見せたのだ。

また、この西郷従道邸が兄隆盛の西南戦争における死からわずかに数年後の竣工ということにも深い感慨を覚える。

西郷従道と隆盛とは仲が悪かったわけではなく、従道は兄を尊敬していた。隆盛が卒然と下野して鹿児島へ帰ってしまったときに行を共にしなかったのは、従道なりの考えがあってのことだろう。

というか、従道は、やがて隆盛はまた東京に帰ってくると思っていたらしく、駒場野で狩りをすることが好きだった兄が帰ってくる日のために、この土地を購入しておいたものらしい（従道の本邸は麹町にあった）。西南戦争で隆盛が死んだ後、従道は無駄になったこの土地に豪華な西洋館を建て、在日外交官の接待のための別邸とした。従道は新政府の中枢にいて、海軍大臣、内務大臣などを歴任したため、在日外交官との交流が多かったのである。

こうした西郷従道の生き方は、明治初期の高官の生き方の一つの典型のように思われる。そして、この西郷邸を見ていると、そのような明治人の生き方がそこにかたちとなって表れているように思われるのだ。

いま具体的なデータを確認することができないのだが、徳川幕府が欧米諸国（特にフランス）から借りた莫大な借金を、まるで住宅ローンをこつこつ支払うように、明治新政府は何十年もかけて返済したという話を聞いたことがある。

徳川幕府がその末期にした借金というのは、要するに薩長に代表される反幕勢力と戦うために、幕府が船や兵器を買ったときにした借金である。つまり、かつての敵である幕府が自分たちに向けるための兵器を買ったときの借金を、新政府は肩代わりして払い続けた。

「日本では革命が起こって、金の借り主である幕府というものはもうなくなってしまった。ゆえに、この借金はチャラである」と突っぱねることもできたはずだ。しかし、明治新政府は、欧米列強に互して近代国家としての信用を得るために、黙ってこの借金を払い続けたのである。

　このことは、明治という時代のけなげさを象徴する一事のように思われる。


　明治村を歩きながら、僕がしみじみと感じたのは、明治という時代の高官やインテリたちは、国家そのものを新たにデザインしなければならないという重責に耐えて仕事をしていたということである。それを日本という国の側から見れば、国そのものが到達目標を持っていた時代であったことを意味する。文明が進んでいる西欧諸国に追いつかなければならないという熱い思いを抱いて、為政者もすべての国民も、涙ぐましいほど真剣に努力していた時代だったのだ。

　様子が変わってきたのは、おそらく日露戦争に勝利したあたりからだろう。日露戦争は薄氷を踏む思いの戦いで、陸では奉天を落としたあたり、海では日本海海戦に勝利したあたりで、日本軍はもはやいっぱいいっぱいであった。政府も軍もそれはわかっていたから、アメリカの調停による講和に最後の望みを繋いだ。勝利したというよりは、優勢な間に終戦に持っていけただけで僥倖だったといった方が正確だった。

　しかし、その内実が国民に知らされていなかったため、多大な犠牲を出して勝利したのに賠償金が少ないといって民衆が騒ぎ出し、日比谷焼き討ち事件をはじめ、あちらこちらで暴動が起きた。メディアによって大勝利が誇大に報道され、きちんと事実が伝えられなかったために、このころから「もはや到達目標に達した」というような思い上がりが国民の間に生じはじめていたのかもしれない。

それから昭和の太平洋戦争を迎えるまで、明治の第一世代がたいへんな思いをして作り上げていった近代国家日本は、サイドブレーキをかけ忘れた車のように少しずつ坂道をすべり落ちていく。

明治村に移築されている家に住んでいた頃、夏目漱石は『吾輩は猫である』を執筆していたが、それはまさに日露戦争のまっただ中の時期であった（作中、「吾輩」が夜中に出没するネズミと抗戦するくだりは、よく読むと日本海海戦の暗喩になっている）。

日露戦争が終わって三年後の明治四十一年に、漱石は『三四郎』を書いた。熊本の高校を出た主人公は、上京してくる汽車の中で、広田先生という奇妙な男と出会う。

三四郎は、話の接ぎ穂として、広田先生に、「日本はどうなるんでしょうか」と尋ねる。すると、広田先生は言下に、「亡びるね」と答える。一見のどかなこのやりとりの中に潜んでいる緊張感を、僕たちが理解することはなかなか難しい。

しかし、日露戦争後の国内の雰囲気には、広田先生のような（漱石のような）鋭敏な感受性の持ち主にとっては、「このまま行くと危ない」という危機感を抱かせるようなものがあったのだろう。

広田先生が予言したごとく、それから四十年も保たずに、明治の人々が懸命にデザインした近代国家日本は、事実上「亡び」てしまう。明治維新から昭和二十年の敗戦まで七十七年間、そのちょうど中間点で、広田先生は「この国は亡びる」という予言を口にしているのだ。

「降る雪や明治は遠くなりにけり」と俳人中村草田男が詠んだのは、昭和十年前後のことだろうか。

けれども僕らが子供の頃は、まだ明治生まれの人は身近にたくさんいた。今の学生さんにとっては、祖父母の世代も昭和生まれかもしれないけれど、僕の祖父母はみな明治生まれである。

若い頃は人前で口にするのが恥ずかしいことのような気がして、ずっと黙っていたのだけれど、僕の父方の祖父は海軍の軍人だった。父が末っ子なので、祖父は年代的にはずっと上の世代で、日露戦争に従軍した体験を持っている。

海軍の若い一兵士だったとき、日露戦争が勃発し、祖父は水雷艇に乗って日本海海戦に参加した。ロシアのバルチック艦隊を目の当たりにしているのである。開戦に際して参謀本部へ打電された「敵艦見ゆとの警報に接し聯合艦隊は直に出動、之を撃滅せんとす、本日天気晴朗なれども浪高し」という有名な電文（このどことなく文学的な香気の漂う文面は、正岡子規と同郷の友人で、かつてともに大学予備門に学んだ経歴を持つ、参謀秋山真之によるものだろう）が知られているが、事実この日は波が高く、小型の水雷艇では操船に難儀をしたという思い出話を、僕の父などは祖父から聞かされていたらしい。

昨年（二〇〇五年）は日露戦争から百年目という記念の年で、当時のことが話題になることが多かったが、百年前のその大海戦の日、僕の祖父もまた死を覚悟して日本海の海上にあったかと思うと、ひとしおの感慨があった。

祖父の遺品である海軍兵学校の名簿というものを見せてもらったことがあるが、同期のあたり、黄海沖海戦や、戦艦三笠の事故で（聯合艦隊の旗艦三笠は、日本海海戦に勝利して佐世保港に帰還したあと、謎の大爆発をおこして沈没した）多くの物故者が出ている。

祖父は大佐まで昇進して昭和の初めに予備役になり、太平洋戦争が起こってからは軍務に復して、横須賀鎮台司令官の代理として慰霊祭に列席するような仕事をしていたと聞いている。

穏やかで物静かな人だった。僕が小学校の二年か三年の時に亡くなったから、戦争の話を聞いたことはない。僕の性格の中にある、生真面目でせっかちな部分は、この祖父からの遺伝だと思っている。


雨もよいの秋の一日、人影の少ない明治村を歩きながら、僕は「滅んでしまった一つの国家」のことを考え続けていた。人々が真面目で、ひたむきだった、ある国家のことを。

どうしてあの国が亡びたのか、そしてまた、今ではまったく別の国のようになってしまったこの国に生き、しかし紛れもなくあの国を作り懸命に支えた人々の子孫である僕たちは、これからどのような国家を作り、次の世代に手渡していけばいいのかを、ずっと考え続けていたのだった。

夢と魔法の国、ディズニー・ランド

2007.1

学生諸君はみんな、ディズニー・ランドが大好きだ。毎月のように行くので目をつぶっていても歩けるという人もいる。

僕ぐらいの年齢になっても、ディズニー・ランドへ行くと何となくわくわくしないこともない。普通の遊園地とは違った、別世界へ来たような感覚があって楽しい。ディズニー・ランドを訪れる大人を見ても、みんなどうかすると子供以上に楽しそうだ。ディズニー・ランドに入場して、ミッキーの帽子をかぶり、一緒に踊りながらパレードについて歩いていると、いつもの自分とは違った自分に変身でき、それによって気分がリフレッシュされると語っていた人がいたが、その感覚はよくわかる。ディズニー・ランドには、訪れる人を甦らせてくれる魔法の力がある。

僕が子供の頃には、もちろん東京ディズニー・ランドはなかった。ディズニー・ランドといえば、ロスァンジェルスの本家のディズニー・ランドだけだった。今の学生諸君にとっては、ＬＡのディズニー・ランドへ遊びに行くこともまったく現実的なことなのだろうけれど、僕らが小さい頃には、いつか自分がアメリカにあるディズニー・ランドに行くことができるかもしれないと想像すること自体、全然リアリティがなかった。

ディズニー・ランドは文字通り、手の届かない彼方にあるおとぎの国だった。だからこそ、ディズニー・ランドに対する憧れはよけいに強かったと思う。

子供の頃、『ディズニーランド』というテレビ番組が放映されていて、それを楽しみに見ていた。ウォルト・ディズニー・プロダクションがテレビ用に制作した番組を買い取って放映していたのだが、放映スパンのわりにフィルムの本数が少なく、また放映権が高価だったせいか、毎週放映ではなかったような気がする。記憶もおぼろだが、隔週か、一ヶ月に一度ぐらいの放映だったのではなかっただろうか。その放映日を何日も前から指折り数えて待っていたのだから、どんなに待ちこがれていたかがわかるというものだ。

ディズニー・ランドには、冒険の国、開拓の国、未来の国、おとぎの国、という四つのエリアがあり、テレビ番組も毎回その四つの国のどれかにスポットを当てた構成になっていた。アニメの時もあれば実写の時もあったが、最初と最後に案内役のウォルトおじさんがにこやかに登場するその番組を見ていると、アメリカという国への憧れをかき立てられるような気がした。それは当時放映され始めていたアメリカ製のホームドラマを見て、キッチンに人間が丸ごと入りそうな巨大な冷蔵庫やオーブンがどかんと据え付けられているのを見て驚嘆した気持ちをさらに増幅し、凝縮したような強烈な憧れだった。

何しろ、日本ではようやく普及し始めた電気冷蔵庫が、三種の神器の一つとして庶民の憧れの家電製品とされていた時代だから（そのちょっと前までは、冷蔵庫といえば最上層の氷室に氷を入れて冷やすやつで、要するに電気製品ではなかった）、アメリカ製のドラマから伝わってくる生活ぶりとの落差にはあ然とする思いだった。

戦後の日本の子供たちにとっては、たぶんアメリカという国そのものが夢と魔法のおとぎの国のように見えていたのだ。その中にあるもっともアメリカ的な「聖地」というのが、ディズニー・ランドのイメージだった。

庄野潤三の名作『夕べの雲』（一九六五年刊）の中に、家族の中の二人の男の子がやはりテレビの『ディズニーランド』が大好きで、特に「コヨーテ腹ぺこ物語」という回にコヨーテたちが歌った、「ピュピピュピュピャオー、ピュピピュピュピェイ」というリフレインのある挿入歌が気に入って、その番組が放映されたあと、何日もその歌を歌い続けていた、というエピソードが出てくる。

この「コヨーテ腹ぺこ物語」という話は僕も憶えていたので、この小説の記述に出会ったときにはひどく懐かしかった。コヨーテたちは月を仰ぎながら、「獲物にありつけず、おいらはいつも腹ぺこだけど、気ままに楽しく生きてるんだぜ」と陽気な歌を歌う。「ピュピピュ……」というのは、彼らが口をとがらして遠吠えをする様を模した歌詞なのだった。

庄野潤三氏は大正十年の生まれで、二人のご子息はちょうど僕と同世代にあたる。僕たちの世代の子供たちは、この楽しい番組に魅せられつつ、西部開拓時代への郷愁や、宇宙飛行に象徴される先進科学への夢といった、アメリカという国の文化の根底にある精神を無意識のうちに感じ取っていたような気がする。

記憶に頼ってここまで書いてから、確認のために、能登路雅子『ディズニーランドという聖地』(岩波新書)という本を開いてみたところ、当時放映されていた『ディズニーランド』という番組は、プロレス中継と隔週ごとに抱き合わせになっていた、と書かれているのを発見した。プロレス中継では力道山が活躍していたのだが、僕の育った家庭ではプロレスを見ることは禁止だったので、「『ディズニーランド』が隔週で放映されていた」という記憶になったものらしい。よく言われるように、力道山はルー・テーズやシャープ兄弟といったアメリカのレスラーと対戦し、さんざん苦戦をしたあと、伝家の宝刀である空手チョップで相手をなぎ倒した(自分の家ではプロレスを見ていなかった僕も、友達の家ではプロレス中継を一緒に見たし、少年向けの週刊誌にはプロレスに関する記事が満載だったから、知識だけはあった)。戦争に負けたあと、アメリカに対する劣等感にさいなまれていた日本人は、そういう力道山の姿に喝采を送っていたのだ。空手チョップといういかにも日本人的な技でアメリカ人を撃退する力道山は、相撲の大鵬や野球の長嶋と同じように、当時は国民的な英雄だった。

だから、能登路雅子が書いているように、『ディズニーランド』とプロレス中継とを両方見ていた子供は、「一週おきにアメリカという漠たる存在に対する劣等感と優越感を交互に味わっていた」ということになる。このテレビ放映の形態は、戦後文化史的にはとても面白い問題をはらんでいる。

さて、ディズニー・ランドの話だった。

ウォルト・ディズニーがＬＡ郊外に広大なディズニー・ランドを建設したのは一九五五年のことである。ディズニー・ランドに設けられた四つのエリアは、アメリカという国の過去と未来、フロンティア・スピリットと西欧文化への憧れ、といった矛盾した要素を統合した、その意味ではアメリカという国の無意識の枠組みを象徴する意味を持っていた。アメリカという歴史のない国にとっての神話的な過去と未来、またアメリカという国家の建国の理念に関わる夢と精神、ディズニー・ランドはそれらの要素を凝縮した、一種の聖地なのだった。

アメリカのある大学の教室で、学生が反ディズニーランド論を展開したところ、女子学生が怒って泣き出したという話がある。アメリカの教育システムの中では、冷静に議論をし、異なる意見を戦わせるトレーニングは日本よりも普及しているはずだが、それでもこういうことが起きるというのは興味深い。知識人の間でタブーとされている話題は、「宗教」と並び「ディズニー・ランド」だとも言われているそうだ。アメリカ人にとってディズニー・ランドは、他の国の人間にはわからない、特別な意味を持った世界なのだろう。

ウォルト・ディズニーの名は、彼と彼のプロダクションが制作した数々のアニメーション映画によって世界中に知られている。ディズニーの作品は、五十年以上昔のものを今見ても、少しも色あせておらず、大人が見ても夢中になれる魅力にあふれている。映像の美しさと流れの良さ、音楽とのシンクロのレベルの高さなど、技術的な面でも今なお模範とされるだけの水準にある。

そのディズニー・アニメだが、僕の印象では、創始者であるウォルト・ディズニーの生前に制作された作品と、没後に制作された作品との間に大きな違いがあるように思う。

初期の短編アニメや、『ファンタジア』のような音楽アニメを別にすると、ウォルトの生前に制作された長編アニメは、『白雪姫』『ピノキオ』『ダンボ』『バンビ』『シンデレラ』『ピーターパン』『わんわん物語』の七作にすぎない。偉大なディズニーの名を世界にとどろかせた作品群としては、意外に数が少ない感じがする。

ウォルトの没後、プロダクションは経営上の問題もあってしばらくアニメ映画の制作から遠ざかっていたのだが、やがてアニメの制作を再開し、『リトル・マーメイド』『美女と野獣』『アラジン』といったヒットを飛ばすようになる。

しかし、ウォルト生前の作品群（仮に前期作品と呼ぼう）と、没後の作品群（仮に後期作品と呼ぼう）との間には、かなりはっきりした断絶がある。

なによりもまず、前期作品は一見多様なように見えて、きわめて明確なテーマの限定性がある。それは、〈孤児性〉を持った主人公の物語ということだ。

いじめられる継子である白雪姫やシンデレラは言わずもがな、ピノキオもピーターパンも一人ぼっちで生きている子どもである。子象のダンボも、母象から引き離された孤独な存在である。

それと同時に、これらの作品には決まって、彼ら孤独な孤児たちを密かに援助する小さな守護妖精のようなものが登場する。白雪姫における七人のこびとたち、ピノキオにおけるジミニィ・クリケット、ダンボにおけるねずみのティモシー、シンデレラにおけるネズミたち、そしてまさに守護妖精そのものなのが、ピーターパンのティンカーベルだ。

ディズニー・アニメのほとんどすべての前期作品を覆っているのは、孤児性の刻印を押された主人公が、小さな守護妖精の援助を受けて居場所を見つけ幸せになる、という物語の型なのである。

ウォルト・ディズニーは、なぜそのような物語ばかりを繰り返し作り続けたのか。そこには、ディズニーが生み出した世界の根底に潜む無意識に到達するための鍵が秘められているような気がする。

前期作品に共通して見られるもう一つの要素は、ヨーロッパの歴史と文化に対する強い憧れとコンプレックスの感情である。『ピノキオ』における中世ヨーロッパ的な町並み、『シンデレラ』におけるお城や舞踏会といった貴族文化への眼差し、『ピーターパン』におけるロンドンの風景や、『わんわん物語』における西欧風の街並み（これはむしろ西欧をまねたニュー・イングランド風の古都の街並みというべきか）などには、単なる物語の背景を超えた風景と文化そのものに対する熱い執着のようなものが感じられる（サーカスというアメリカ根生いの文化へのオマージュである『ダンボ』だけは、この点やや異なる）。

それはおそらく、アメリカが世界一の大国となりながら、ウォルトの世代までのアメリカ人が抱え続けていたヨーロッパの歴史と文化に対するコンプレックスと重なっているはずだ。二十世紀、アメリカは政治力と軍事力において世界の中でぬきんでた存在になりながら、歴史と文化の厚みのない国という点では常に引け目を感じているようなところがあった（その点、旧ソ連も似たようなところがある。歴史のない国家がはじめて指導的な地位に立った時代として、二十世紀は後世に記憶されることになるだろう）。

後期作品の映像からは、そうしたある種の屈折が感じられない。西欧や中近東を舞台にした物語でも、背景はそれ風の書割的なものでしかなくなり、歴史や文化そのものに対する「熱」が感じられなくなるのである。

一九五〇年前後の一時期、ハリウッドには赤狩りの嵐が吹き荒れていた。共和党のマッカーシー上院議員が中心となった反共キャンペーンが全米的な規模の政治運動になり、共産主義者もしくは親共産主義的な人物と見なされると、反国家的な人物として公職追放の憂き目にあった。親共産主義的な人物かどうかを判定する反米活動委員会が作られ、ハリウッドの映画人たちも次々に召還されて尋問を受けた。

それは一種の異端審問であり、近代国家にあるまじき魔女狩りだった。多くの映画人が映画の世界から追放された。チャールズ・チャップリンが四十年以上に及ぶ映画人生を過ごしてきたアメリカから石もて追われるがごとく去り、ヨーロッパに移住したのもこの時のことである。『モダン・タイムズ』のような映画を撮ったチャップリンが、労働者階級の味方＝共産主義者の烙印を押されたのは、この反共運動の底の浅さを見せつける事件であり、今から見ればいっそ滑稽である。

ハリウッドの内部にも多くの通報者がいて、映画人の誰彼が親共的な言動をしたという情報をＦＢ

Iに流し、幾人もの才能ある同僚を国家権力に売り渡したのだが（『エデンの東』の名監督エリア・カザンはこの時期の言動がもとで、映画人仲間から村八分にされた）、マーク・エリオットの労作『闇の王子ディズニー』（草思社）が明らかにしたように、ウォルト・ディズニーもまたそのような情報提供者の一人だった。

ウォルトは熱烈な共和党支持者であり、偏狭な反共思想の持ち主だった。自分と異なる思想信条の所有者を国家権力に売り渡すことにためらいを感じないメンタリティが、彼のアニメ作品に反映している孤独なもの、虐げられたものに対する暖かい眼差しと、いったいどのように同居することができるのだろうか。

しかし、その一筋縄ではいかない屈折の中にこそ、ウォルト・ディズニーという芸術家の唯一無二の個性があったのだという気がする。貧しいイタリア移民の子として下層階級に生を受け、そこから苦労して這い上がってきたこと、ヨーロッパの歴史と文化に強い憧れとコンプレックスを抱いていたこと、偏狭で無慈悲な反共主義者であったこと、これらのことは、ディズニーの中で密接につながっていたのだろう。

ディズニーはおそらく、アメリカという大国を支えている夢と理念を心から信じていた。それは、長い歴史を持つ文化から切り離されたところで成立している、ただ理想のみを支えとしている国家への信仰にも似た信頼だった。アメリカは理想の国であるからこそ、世界のリーダーでなければならず、自らの包容力によって家族を守ろうとする家父長的な意識がそこに前景化することになる。家族的な共同体を脅かす存在を毅然として排除しなければならないという意識は、ウォルトが演じ続けてきた、優しく包容力のある、子供たちに夢と希望を与える理想の父親像と裏表のものなのだ。そして、そのような理想とコンプレックスとが複雑に織り合わさった無意識の感情こそが、世界中の人々に夢と希望を与えてきたディズニー・ワールドの重要な一面だったのだと思う。

晩年のウォルトは、ディズニー・ランドのメイン・ストリートの二階にしつらえられた、開拓時代の酒場を模した事務所に座って、眼下の通りを大勢の来客が行き交うのを眺めつつ、終日飲んだくれては涙を流していたという。アル中になり、死を早めたことから考えても、晩年のウォルトは幸せではなかったように見える。

彼が作った虚構の「王国」の中で、映像の上でやってみせたように、彼が創造したミッキーやドナルドのようなキャラクターに囲まれている自分を思い描きつつ、死を前にしたウォルトは最後にどのような夢を見ていたのだろうか。

海浜ホテル異聞

2007.6

母方の祖父の家が、鎌倉の由比ヶ浜というところにあった。夏休みになると、僕らは一家でこの祖父の家に行き、短くても一週間、長い年には二週間ぐらいもこの海辺の家に滞在していた。祖父の家は江ノ電の由比ヶ浜の駅から和田塚方面に延びた通り沿いにあり、海岸までもすぐだったので、海水浴にはもってこいで、僕たちは毎日午前中からお弁当を持ち、ビーチパラソルを担いで海に出かけていき、夕方近くまで砂浜で過ごすという毎日を送っていた。往復も水着のままで、帰りは一足先に帰っていた祖母がお風呂を沸かして待っていてくれるので、そのままお風呂へ飛び込んで身体を洗うのだった。だから、浴室の中はいつも砂だらけだった。

夏休みの宿題ももちろん持っていったはずだけれど、叔父や叔母の家族も集まってきて、遊び仲間の従兄弟も一緒だから、一日中勉強なんかする暇はなかった。そうした遊び漬けの夏休みを過ごすことができたことは、今考えるととても幸せなことだったなと思う。

祖父の家の前の通りを横切ると、松がまばらに生えた砂地があり、そこを越えると海岸道路で、その向こうはもう由比ヶ浜の海水浴場だった。砂浜までは子供の足でも二、三分だ。だから、夜になってからも、よく海岸まで散歩に出かけたものだ。もっとも、すぐそばとはいえ、夜に子供が一人で出歩いたとも考えにくいから、犬の散歩に行く祖父にくっついていったのかもしれない。

祖父はもともと鎌倉の人間で、戦前は京城（ソウル）に本社を構える、主に木材を扱う貿易会社を経営していた。戦後もいくつかの会社の役員のようなことをしていたが、僕が記憶している頃にはもうすっかり引退して、悠々自適の生活を送っていた。身体の大きな人で、頭のはげたカーネル・サンダース（ただし髭はない）といった雰囲気の人物だった。鎌倉の家に遊びに来た僕の友だちなどは、「外国のおじいさんみたいだ」といって驚いていた。

昼には陸地のほうが温度が高いので海から風が吹くが、夜には温度が下がり、海水は陸より温度が下がりにくいので、陸から海に向かって風が吹くと、理科の時間に習ったけれど、夏場は夕食後ぐらいの時刻ではまだ陸地の温度が高いのか、海からの風を顔で受けながら夜道を歩いた感覚を、今でも鮮明に憶えている。

先に書いた、通りから海岸道路までの間にあった空き地だが、そこはよく見ると不思議な空間だった。左手が少し高くなった、砂に覆われた広々とした土地で、砂でわかりにくくはあるものの、敷石のようなものが敷き詰められている広い場所があり、その奥にはなにやら建物の跡とおぼしき壁と、梁をわずかに残したまま地下へと空間が広がっている場所などがあった。その地下室のような部分には、赤く錆びついた大きな金庫が転がっていた。

そういえば、通りからこの空き地に入ってくる入り口にあたるところには、生い茂った蔦の葉に覆われてわかりにくくなっているけれど、四角い石造りの門柱らしきものの跡もあり、ここが何かの大きな建物の跡地だったらしいことが推測された。

ある時、僕はステッキを突きながら歩いている祖父に、「ここはなんなの?」と尋ねてみた。すると、独特のユーモア感覚の持ち主だった祖父は、「ここは動物園だったのだよ」と答えた。そうして、敷石のようなものが広く残っている場所をステッキで示しながら、「あそこに象さんがいたんだ」と言い、地下室への床が抜けたままになっている、つまり縦長に空間が残っている場所を指して、「あそこにキリンがいたんだ」と言った。

僕がまだ幼かったので、祖父はとっさにそんな話を思いついて自分でも面白がっていたのかもしれない。

素直な子供だった僕は、「へえ」と感心しつつ、さすがに「なんだか変だな」とも感じた。

そんなわけで、その後もその空き地の存在は僕にとって「?」のままだったのだけれど、いつの頃からか、おそらくは母や叔母たちがしゃべっているのを耳にしたのだと思うのだが、そこが「海浜ホテル」というものが建っていた場所らしいということを知った。しかし、その「海浜ホテル」というのがどういうものなのかわからず、やがて僕たちの一家は神戸に引っ越すことになり、祖父も外地勤務の伯父が買った家の留守を預かるために大阪の枚方に引っ越したので、由比ヶ浜の家に行くこともなくなってしまった。やがて祖父はこの家自体を手放したため、その後二度と懐かしい「鎌倉の家」

を訪れることはなかった。

祖父はもうとっくに故人だが、最近になって、思い立ってこの海浜ホテルについてインターネットで検索してみたところ、あっという間にその沿革がわかってしまった。

それによると、明治二十年、日本で最初の海浜サナトリウムとして開設された「海浜院」がその起源だそうだ。

当時は結核に罹る人が多かったが、転地療養という発想はあってもそのための専用施設というものがなかった。徳富蘆花の『不如帰』の薄幸のヒロイン浪子（大山巌の娘信子がモデルといわれる）も、逗子に転地療養しているが、普通の家に下女か何かをおいて住んでいるようだ。

明治の初め、岩倉使節団の一員として渡欧し近代医学を学んだ長与専斎という人が、帰朝後設立に奔走してできたのが、この海浜院サナトリウムなのだそうだ。サナトリウムというと、まず高原のそれをイメージするが、日本では海辺からできはじめたようで、海浜院とともに、茅ヶ崎に作られた南湖院が有名である（国木田独歩はこの南湖院で死去した）。

ちなみに、この海浜院を設立した長与専斎の長男称吉も医者になり、神田内幸町に「長与胃腸病院」という病院を開設し、院長を務めていた。この「長与胃腸病院」こそは、かの夏目漱石のかかりつけの病院だったことで有名である。

長与称吉は漱石と親しく、常々その病状を気にかけていたが、漱石が修善寺で吐血し、重体に陥っている頃病没した。回復してからそのことを聞かされた漱石は、自分の容態を気にかけてくれた長与医師が先に死に、危篤だった自分がきわどく生還したことを知った時の複雑な心境を、『思ひ出す事など』の中に克明に記している。

その後、長与胃腸病院は専斎の三男又郎が引き継ぎ、漱石が死去した際に遺体を解剖したのはこの又郎である（又郎は東京帝大医学部につとめ、後に総長となる）。

長与一族は文学と関わりが深く、末弟は医者にならずに小説家になった。『青銅の基督』や『竹沢先生と云ふ人』を書いた長与善郎である。長与善郎は雑誌『白樺』の同人だったから白樺派の作家ということになるが、武者小路実篤・志賀直哉・里見弴らとは作風の上でやや距離があり、生や理想を東洋的な境地において追求しようとする、思想的な傾向の強い作風である。むしろ夏目漱石の影響が強いと言えるかもしれない。

海浜院に話を戻すと、海浜院はまもなくホテルに代わり、明治三十九年には、鹿鳴館や旧帝国ホテルの設計で有名なコンドルの設計により改築、主に外国人が利用する高級ホテルとして繁盛したらしい。

戦争中の空襲で焼失したのかと何となく思っていたのだが、鎌倉市民ネットのホームページの記述によると、昭和二十年十二月に失火のために焼失し、以後再建されなかったとある。占領軍によって接収され、使用されている間にこの失火にあったらしい。

僕が幼い頃に見たのは、この海浜ホテルの廃墟なのだった。僕の記憶しているのは昭和三十年代の話だから、建物が失われてから十年以上、跡地がそのままになっていたことになる。礎石や何かもそのままに放置されていたわけで、どういう事情でそういうことになったのかはよくわからない。

海浜ホテルは海辺のリゾート・ホテルの走りのようなもので、外国人や、多くの政治家、文人墨客が利用したらしい。今回、面白半分で少し調べようとしたのだけれど、文献が少ないため、本腰を入れて調査しないとなかなか詳細はわからない。

芥川龍之介は、大学を卒業後、横須賀の海軍機関学校の英語の教官になり、東京からでは通うのに不便なので、一時期このすぐ近くに下宿していたことがある。芥川のことだからこのホテルを応接間代わりに使ったりしたのではないかと想像をめぐらしているのだが、全集の索引は作品や人名のみで、地名や建物名では検索できないため、調べはそこで止まってしまっている。

『グランド・ホテル』という映画にも描かれているように、ホテルは多くの人々が集まり、様々な人間模様を繰り広げる場所だ。長期滞在型のホテルは、住んでいる人間にとっては自分の家のようなものでもある。一つのホテルをテーマにして、そこに集う人々やそこで起こった出来事を調べてみるのも面白い研究テーマだと思う（本郷の菊富士ホテルのように、すでにそのような研究が行われているものもある）。

でも、僕にとっては、「海浜ホテル」ということばから連想されるのは、子供の頃親しんだ、砂に覆われた広い空き地だ。ところどころに礎石や崩れ落ちた壁の跡が残るその場所は、僕たちのように、そのあたりの通り筋から海岸へ出ようとする人の他は通る人も少ないところだった（海岸へ出る正規の道路は別にあった）。

数年前思い立って、かつて祖父の家があったそのあたりを歩いてみた。江ノ電の由比ヶ浜駅からの道筋はだいたい以前のままで懐かしかったが、海浜ホテルがあった空き地は現代風のリゾート・クラブか何かになっていて、昔の面影はまったくなかった。

今でも、あのころの夏に思いをはせると、夏の日差しが降り注ぐなか、しんと静まりかえったがらんとした空き地が、潮の匂いの混じった風の感触が、遠く響いてくる波音が、記憶の底から浮かび上がってくる。そして、その場所にぼんやりとたたずんでいる、子供の頃の僕の姿も。

あのころ心の中で考えていたこと、いつか解けるのかもしれないと思いつつ抱え込んでいた大きな謎のようなものは、きっと解決がつかないまま心の奥の方にしまいこまれたままになっているのだ。

あの不思議な、懐かしい場所のことを思い出すと、心の中にしまいこんだまま普段は忘れてしまっている何かが、ひっそりと息づき始めるような気がする。

うるわしきあさも

2007.8

太平洋戦争の戦局が傾きつつあった頃、南方の島が玉砕したりするたびに、それを報じるニュースのBGMとして流された荘重な音楽が「海ゆかば」だった。

「海ゆかば」は勇敢に戦い、戦死した兵士を悼む鎮魂歌であり、すめら御国をたたえる歌として、少なくともある一時期には、日本人なら知らぬ者のいない著名な歌だった。

「海ゆかば　水漬く屍　山行かば　草生す屍　大君の　辺にこそ死なめ　顧みはせじ」

『万葉集』巻十八の大伴家持の長歌の一節を歌詞とする。この詞に曲をつけたのが、作曲家、信時潔（一八八七〜一九六五）である。

信時潔は東京音楽学校の教官だったから、「皇太子殿下御降誕祝唱歌」とか「紀元二千六百年頌歌」とか、その手の曲の作曲依頼が次々に来た。そのような国からの依頼を拒絶するという選択肢は、信時潔にはなかったのであろう。「海ゆかば」は昭和十二年（一九三七）、日本放送協会の委嘱によって作曲された。そして、不幸にも信時潔の代表作になってしまった。

信時潔自身は、右翼的思想とも軍国主義とも無縁の人だったようだが、何しろあの大日本帝国第二の国歌ともいうべき「海ゆかば」の作曲者として知られていたから、戦後は殆ど話題になることもなく、本人も昭和二十九年（一九五四）、東京芸術大学講師を退任した後は、国分寺の自邸に引きこもって、昭和四十年（一九六五）に亡くなるまでひっそりと余生を送ったようだ。

昨年（二〇〇六年）刊行された新保祐司の『信時潔』（構想社）は、はじめての本格的評伝ともいうべき注目作で、僕はこの本から信時潔という人の生涯について多くの知識を得た。

本の扉写真によって、はじめてどういう風貌の人だったかも知ることができた。

ひとことでいうと、怪異な風貌だ。大柄、ごつごつした手、長い顔、そして半白のいがぐり頭に口ひげ。どうみても音楽家には見えず、ヤクザの親分か、町の大道将棋師か何かにしか見えない。この坊主頭は、若い頃から一貫していたスタイルで、戦前、ドイツに留学することになった時、「囚人と間違えられるから、それだけはやめろ」と忠告されて、いやいや髪を伸ばし始めたが、結局三ヶ月ほどで元に戻してしまったという逸話が残っている。

質実剛健の気風だったといってよいようだが、そのことは、実父吉岡弘毅がプロテスタントの牧師であり、内村鑑三や植村正久とも交流があった、関西教会の草分け的存在であったことと関係があるかもしれない。潔は十一歳の時に信時家に養子に行くが、養父信時義政も大阪北教会の四長老の一人といわれた人だった。

信時潔という人は、幼い頃から教会で演奏される賛美歌やオルガン曲を聴いて育ち、プロテスタントの信仰に深く根ざしたバッハの教会音楽を終生規範として仰いだ音楽家だった。

新保祐司の前掲書では、「海ゆかば」とバッハのコラールとの間に深い関係が見られることが述べられているが、これに関しては、新保自身も言及している先駆的な指摘がある。阪田寛夫の「海道東征」という文章である。

阪田寛夫（一九二五―二〇〇五）は、後年芥川賞を受賞した作家で、童謡「サッちゃん」等の作詞でも知られている人だが、子供の頃、信時潔の『海道東征』というカンタータを聴いて感激し、戦後その再演に力を尽くした人でもある。阪田は上記の文章の中で、「海ゆかば」と賛美歌とのつながりを示唆しているのだ。

そう言われてみれば、「海ゆかば」のシンプルで荘重な旋律は、歌詞を代えればそのまま賛美歌として通用するほど、明治以降日本で愛唱された様々な賛美歌と類似性を持っている。

軍国主義の時代を象徴するような曲であり、多くの兵士の死を正当化、美化する役目を果たした歌として、戦後の日本では忌避され、封印されてしまった「海ゆかば」には、実はキリスト教会の賛美歌の影響があるというのは、驚くべき発見ではないだろうか。

僕自身、軍歌は大嫌いで、パチンコ屋の前を通ると大音量で聞こえてくる「軍艦マーチ」の類にも

『信時潔』（2005年、構想社）

耳をふさぎたくなるほうなのだが、なぜか「海ゆかば」という曲にだけは心を動かされてしまうことを、昔から不思議に思っていた。その謎が、阪田・新保両氏の文章によって解けたような気がしたのである。

賛美歌は教会での祈りのために歌われる唱歌だが、明治の初め、アメリカ人の宣教師によって日本に輸入された。

そもそも、祈りの際に信仰の気持ちを籠めて歌をうたうという習慣を日本人は持っていなかった。「般若心経」を唱えたり、御詠歌を唱えたりというぐらいのことしか、日本人は知らなかった。しかも明治になって外国からやってきた賛美歌の旋律は、それまでの日本人の知っていた音楽とはおよそ異質なものだった。

明治の人々がはじめて耳にした賛美歌がどんなに新鮮に響いたか、場合によってはどんなに異様に響いたかは、僕らの想像に余る。

徳富蘆花の『思ひ出の記』の主人公が関西学院に学び、熱心な求道者となるのは、明治二十年頃の話だが、説教や伝道活動の話はたくさん出てくるが、賛美歌を歌うという話題はあまり出てこなかったように思う。若き蘆花自身、賛美歌という異国の音楽に最初はとまどいを感じていたのかもしれない。

夏目漱石の『三四郎』の終わりのところに、三四郎が教会の前で美禰子が出てくるのを待つ場面がである。「全く耶蘇教には縁のない男」である三四郎は、聞こえてくる唱歌を耳にして、「賛美歌といふものだらう」と考えているが、異様な音楽と受け止めている気配はない。賛美歌は、明治という時代を通して、徐々に日本人の耳に馴染んでいったのだろう。

賛美歌の特徴は、旋律と歌詞が平易であることに加えて、ヨナ抜きなどと呼ばれる伝統的な邦楽の旋律と異なり、オクターブの音の間を旋律がなめらかに移行するところにある。同時代のポップスなどがどんどん入ってくるようなことがまだなかった時代、日本人にとって賛美歌は、ばたくさい音楽を代表するものであり、賛美歌を耳にしたり歌ったりするところには、ある種の誇らしさと照れくささとが入り交じったような感情がつきまとっていたのだろう。

ここで、作曲家大中寅二（一八九六〜一九八二年）の話をしたい。大中寅二はキリスト教徒の家に生まれ、自らもクリスチャンとなり、作曲の傍ら、生涯教会のオルガニストを務め、その仕事を誇りにしていた。

本格的な作曲家だから、カンタータなど規模の大きな曲も書いたそうだが、もちろん作曲では食えず、膨大な数の学校の校歌の類を書き残したらしい。ただ一曲、島崎藤村の詩に作曲した「椰子の実」だけが、多くの人に知られて残っている。

阪田寛夫氏の「うるわしきあさも」は、その大中寅二の晩年を甥の眼から描いた心やさしい短編だが、その中に、山形県の中学生から、「いつお亡くなりになりましたか」という問い合わせの電話がかかってきて、電話口で寅二が、「今電話で話してるのが本人ですから、そのうち死んだらお知らせします」といって相手を驚かせたという楽しいエピソードが出てくる。

寅二は晩年、脳卒中の発作を起こして、言語も不明瞭になり、オルガンも弾けなくなる。しかし、あるとき、オルガンの前に座らせられて、不意に「うるわしきあさも」のメロディを弾き始める。「うるわしきあさも」は日曜学校などでよく歌われる賛美歌で、

「うるわしきあさも　しずかなるよるも
たべものきもの　くださるかみさま」

というのがその歌詞である。

「叔父の叙情的な曲の中にかなり人に知られた歌が一つあり、その詩の書き手が明治時代に名をなした文学者だから、叔父も同時代の人かと誤解されるらしいのだ」と阪田氏が書いているのが、「椰子の実」のことなのである。「あの有名な「椰子の実」という曲」という書き方をせず、こういう表現をするところが、含羞の人だった阪田寛夫氏らしい。

「名も知らぬ　遠き島より　流れ寄る　椰子の実ひとつ」とうたわれるその曲は、僕も子どものころから好きだったが、この阪田寛夫氏の短編を読むまで、この歌に濃厚な賛美歌の影響があるということに気がつかなかった。

そしていったん気づいてみれば、それは聞き逃しようのない顕著な旋律上の特色なのである。「ふるさとの岸を離れて　汝《なれ》はそも波に幾月」以降の曲の後半に現れる、何か遙かなものを仰ぎ見るような旋律の高揚感は、明らかに賛美歌の特徴を有していて、歌詞を代えれば、教会の中で歌われても何の違和感もない音楽になっている。

「海ゆかば」にしても、「椰子の実」にしても、作曲者はおそらく意識してそのような要素を取り入れたわけではないだろう。彼らの内部に血肉化された賛美歌体験が、五線紙に向かった時に、信仰に裏打ちされた畏敬と感動とともに、音楽的な感興となってほとばしり出たと見るべきだろう。

その文学的出発点において詩人であった柳田国男は、南の海から黒潮に乗って渡ってきた椰子の実の話に心惹かれ、それを友人の島崎藤村に語った。その話に感銘を受けた藤村は、その伝聞をもとに「椰子の実」を詩作した。

一方、それを語った柳田のほうは、その感動を長く胸の中で暖め、晩年に『海上の道』を著し、悠久の昔に南方から遙かな海を越えて渡ってきた原日本文化の構想を述べた。

日本人のルーツがどこにあるのか、民族的にも言語的にもまだ確実なことはわかっていない。しかし、この様々な文化の伝播の終着点的な位置を地理的に占めていた極東の島国が、太古の昔から、外から入ってきたものや文化を積極的に取り込み、ひとつの生活様式の中に溶けこませることで、自らの文化文明を築いてきたことは疑いない。

明治以降の、わずか百数十年の近時においても、僕たちの国は、西欧から様々な文化や制度、思想などを取り入れ、それらの中には、それが本来は外来のものであったことなど殆ど忘れられているほどに、僕たちにとって身近でかけがえのないものになっているものも多い。そうしたものをタマネギの皮をむくように引きはがしていって、外国から入ってきたのではない、「もともとのこの国の文化」「固有の民族性」というようなものを想像することは、おそらく無意味なのだ。僕たちの国が長い歳月をかけて受け入れてきた様々な要素が、それとして今の僕たちの生活の中でいかに大切なものとなっているか、生きていく上での支えになっているかを確認するところからしか、僕たちの国の文化の特性を語ることは始まらないと思う。

経験知の大切さ　*2007.9*

今年（二〇〇七年）の二月十二日付の『朝日新聞』のコラムに、法社会学の河合幹雄氏が興味深い文章を書いていた。

最近の犯罪は凶悪化しているという一般的な見方に対して、殺人事件の件数は統計上は増加しておらず、数字に見える範囲では凶悪化しているとは言えないという反論がある。こうした議論に対して、河合氏は、凶悪化しているか否かというよりは、犯罪の質が変化していることのほうが問題なのではないかという問題提起をする。

たとえば、キーなしでもバイクを発進できる技術があれば、バイク窃盗は容易にできる。その技能がないので、持ち主を引きずりおろしてバイクを奪う。そうするとそれは窃盗ではなく強盗になるから、犯罪としてはより凶悪になっているように見えるが、原因は、犯罪の手口が伝承されず、巧妙なやり方で犯罪を行う能力が落ちているところにあるのだというのである。これは専門家ならではの面白い指摘だと思う。

河合氏の議論は、「やめ時」を知らないために重大な結果をもたらすケースや、同質集団の中で発生するいじめの問題にも発展してゆく。すべてに共通するのは犯罪の「稚拙化」であり、その原因は上下の世代間の対話がないことにあるという。

このコラムで提起されている問題は多岐にわたっているけれど、経験的に獲得された知識や技術が伝承されていないという話題は、とても重要な問題だと感じられた。窃盗の技術が伝承される必要はないが、巧妙かつスマートな犯行の方法が伝承されることが犯罪の凶悪化を防いでいるのだという観点はとても面白い。バイクがほしい、あるいは金がほしいという目的だけがあって、犯罪の技術を持たない「ど素人」が犯行に及ぶと、往々にして力づくになり、強盗、傷害、殺人というような、より深刻な結果をもたらしてしまうということは、確かにありそうなことだ。


この文章を読んで、「経験知の伝承」が途切れてしまっていることこそが現代社会が抱えている重大な問題なのかもしれないという考えが頭に浮かんだ。

僕たちの日常生活の中には、学校では教わらないけれど、身につけていないと困るような細々とした生活上の知恵や方策のようなものがたくさんある。それらの多くは身体的な感覚と結びついているので、本を読んで覚えたり、メモにして残したりすることができにくい。年上の人間に手取り足取りしてもらって覚えるほかはないような性質のものである。

テントの張り方や火のおこし方といった実用的なことから、よく飛ぶ紙飛行機の作り方、蝉の捕まえ方といった遊びに関することまで、僕たちは子供の頃に、親や年長の子供から実地に指導を受けながら、技術を学び取ってゆく。

けんかの仕方だってそうである。昔から、子供はつかみ合いのけんかをするものだった。しかし、眼を突くなど相手の急所をねらうようなことをしてはいけないとか、相手の身体に大きなダメージを与えるような道具を用いてはいけない、けんかは素手でやり合うものだというような、当然守らなければいけないルールはあって、それはことばで教わるというよりは、子供たちの集団の中で実地に学び、身につけるはずのものだった。けんかの際に金属バットや刃物を持ち出してはいけないというようなことは、別に学校で先生に教わらなくてもみんなが理解している基本的なことだった。

今の子供たちは、子供同士の集団の中で揉まれて、様々なことを自然に身につけるという体験をあまりしていないため、けんかの仕方を知らないということがあるのではないだろうか。やられて腹が立ったのでやり返しただけのつもりだったのに、けんかのルールを逸脱した手段に訴えたため、重大な結果を引き起こして自分でも呆然としてしまう、というようなケースが、年少者が引き起こした凶悪事件の中には確かに多いような気がする。

ことばでは伝えきれない、身体的な経験則は、スポーツの世界では今でもかろうじて尊重されているかもしれない。突っ張られたら下からあてがっていけ、というような相撲の取り口は、そうするとどういう効果があるから対抗手段として有効だというように分析的に理解して身につけるようなものではなさそうで、「ごちゃごちゃ言ってないで、土俵の上で身体で覚えろ」と言われて、自然に身体がそういうふうに動くように修練するというような技術だろう。そういった類の、理屈ではなくまず身体で覚えることが大事だというような経験知は、日常の生活の中にもたくさんある。

顧みると、現代では親にしても学校の教師にしても、理屈で説明することが教育だという固定観念にとらわれていて、経験的に獲得された、ことばではうまく説明しにくいものを伝えていく努力を怠っているのではないかという気がする。ことばで説明しようとしてうまく説明できないと思うと、伝えること自体を放棄してしまう傾向があるといってもいい。「それはそういうものだから、その通りにしろ」というような指導法がなんだか封建的で野蛮なやり方のような気がして、気後れしてしまうのかもしれない。そこへもってきて、上下の年齢の幅のある子供たちの集団というものが機能しなくなってきているので、年長の先輩から学ぶという機会も少なくなってきている。

この問題に関連して、もう一つ気になっていることがある。

たとえば、テントを立てるにしても、ボートを係留するにしても、その用途に応じて適切な紐や縄の結び方がある。そういう技術は、かつては親や先輩から手を取って教わることで身体で覚え、それが伝承されてきた。

しかし、そういう技術やノウハウなども、「そんなことといちいち教わらなくても、ネットで調べればすぐわかるじゃないか」と短絡的に考えてしまう若者が増えているような気がする。

僕の知人の例をあげよう。彼はもう四十歳を過ぎていて、若いとは言えない世代の男である。彼は技術屋さんで、様々な機器を使いこなして生活していることを快適と感じるタイプの人間である。何人かで話をしていて、たとえばどこそこへ車で行くのには何を目印にしていけばいいとか、どの道を通るのが早いとかいう話題になったとする。そういう時の彼の反応は、「カーナビで、ピッとマークして、行ってみようかあ、それで終いじゃないですか」というものだ。

最近のカーナビは、時間の節約になるルートも、道路の混雑具合も、すべて教えてくれる。だから行き方のノウハウとか、ルートの予習とか、そんなことにエネルギーを使うのは要領の悪い人間がやることだ、という感覚なのだ。これから行くところについてあれこれと話題にする中で、ベテランのドライバーから要領のいい運転の仕方やルートの選び方を教わることは、楽しみながらの技術の習得でもあるはずで、そういうコミュニケーションこそが大事なことだと思うのだけれど、彼の場合、カーナビで代行できることはカーナビに任せておけばいいのであって、そこへ至るまでのプロセスには一切関心を払わない。一事が万事この調子なので、彼と話をしてもかみ合わない。

これは一例に過ぎないのだが、こうした傾向を持つ人々が、特に若い世代を中心に増えてきているように思われてならない。「こうした傾向」というのは、生きていく上で必要な技術や情報の獲得に関して、経験的な積み重ねやそれをコミュニケーションを通じて継承することに興味を示さず、最新のテクノロジーやアイテムに頼って問題を解決しようとするような傾向のことである。

そして、さらに問題だと思うのは、そうした傾向を持つ若者の一部は、身体的な記憶や直観といったものを非科学的なものとして見下し、情報処理に長けた自分たちのような人間は、上の世代から何かを受け継がなくてもいっこうに困らない、というような感覚で過ごしているらしいということなのである。

僕の専門の古典文学の領域の話をしよう。前にもどこかに書いたかもしれないけれど、引歌の研究についてである。

物語や日記といった仮名散文において、会話や地の文の中に和歌を踏まえている記述が出てくることがある。桐壺の更衣が亡くなったあと、宮中の人が改めて故人の美徳を思い出し惜しんだと述べるくだりに、

「なくてぞ」とはかかるをりにやと見えたり。（桐壺巻）

（「なくてぞ」とはこういう折のことをいうのかと感じられた）

とあるが、ここには「ある時はありのすさびに憎かりきなくてぞ人は恋しかりける」という古歌が踏まえられている、という類の表現である。

古注釈では、こういう引歌をいろいろと見出しては指摘する。しかし、膨大な量の和歌を記憶していた昔の人々と違って、僕らは和歌が身近ではないから、自力で引歌に気づくことはなかなか難しい。最近の研究では、コンピューターを駆使して引歌を検索することが可能になってきている。和歌の本文をデータ化してインプットし、本文データと照合して、何文字以上の文字列が一致するような箇所を検索するようなソフトを開発すれば、既成の和歌の一部分と一致するような本文を半ば網羅的にピックアップすることができる。

この方法を使えば、人間の直観では盲点になってなかなか気づきにくいような箇所、たとえば会話文から地の文へまたがっているために引歌と気づきにくいような箇所も漏れなく拾い上げることが可能である。

コンピューターを使って一回網羅的に本文を洗い直す作業が無意味だとは思わない。それどころか、新しい技術を有効に使うことで、研究を大いに前進させることも可能だろう。

しかし、自分の目で本文を読みながら、「この辺には引歌がありそうだ」と直感的に予想する能力は、研究者には必須のものだ。本文が一様にのっぺらとした連なりではなく、情報の量に凹凸のあるでこぼこした対象であり、そのでこぼこを点字を指先で探るようにして探り当てていくことが、まさに読むということではないか。『国歌大観』のＣＤ－ＲＯＭが自在に駆使できるようになれば、和歌を自分で記憶して引歌に気づく能力を身につける必要はなくなるということはありえない。

身体で覚えるということ、あるいは直感的に把握するということ、これらのことは、現代の社会の中では不当に低く見られているような気がする。その身体感覚や直感的把握への蔑視の背後には、たぶん、それらが科学的なものではないという意識が働いている。

科学的な思考力や、合理的なものの見方は、もちろん重要だ。そうした近代的な発想を磨き上げることで、人間は文明を発展させてきた。

しかし、人間存在が肉体や原始的感覚から離れたものでありえない以上、身体感覚や身体的な直感力が衰えることはよいことだとは思えない。

警戒しなければいけないのは、科学的な思考が一人歩きをして、人間の生な感覚を置き去りにしたり、生な感覚を泥臭いものとして軽蔑したりするようになることだ。コンピューターのような最新兵器も、所詮は人間の感覚や想像力を補助するだけの役割しか果たせないと割り切って使用する意識を持つことが大切なのではないだろうか。

気象衛星からの情報の精度が極めて高くなり、その分析に全幅の信頼を置くに至った結果、降雨のために全身びしょぬれになっているにもかかわらず、「現在の気象データから判断してこの地域に雨が降っているはずはない」と言い張って、雨が降っていることを認めない予報官が現れるという笑い話があるが、それは極端にしても、現代人は、気象の変化を肌で感じる能力が衰えていることは確かである。

かつて自然の中で暮らしていた農民や漁師は、ちょっとした雲の変化などで嵐が来ることを予見したという。そういう感覚が鋭くないと命に関わったからで、都会で暮らす僕たちがそんな鋭い感覚を身につけることはもう無理だろう。でも、風の匂いや湿度の変化を敏感に感じ取って雨が降ってきそうだと感じ取るような能力、西の空の微妙な雲の色合いから明日の天気を予想したりするような能力をまったくなくしてしまうのは、とても寂しいことのような気がする。

スターダスト

2008.3

もうだいぶ以前のことだが、日本人が好きなスタンダード・ナンバーのアンケートが行われたことがある。結果は、「枯葉」と「スターダスト」がダントツの一位、二位だったそうだ。どちらもそこはかとない哀調が漂う曲で、日本人の好みが何となくわかるようだ。

「枯葉」はもともとはシャンソンで、確か一九四七年頃のフランス映画『夜の門』の主題曲として、イヴ・モンタンが創唱した曲だったと思う。

フランスの香りがする「枯葉」に対して、ホーギー・カーマイケルの名曲「スターダスト」は、いかにも戦前の古き良き時代のアメリカという香りがする。

この「スターダスト」、しっとりとした大人の歌だが、僕らの世代の人間は、みんな子供の時から知っている。どうしてかというと、テレビの人気番組『シャボン玉ホリデー』のエンディング・テーマだったからだ。

時代は昭和三十年代の後半から四十年代の初頭、当時はまだ珍しかった音楽バラエティ番組として、『シャボン玉ホリデー』はずば抜けた人気を博した。出演していたのは渡辺プロダクションに所属するタレントたち、特に、双生児の歌手ザ・ピーナッツと、男性の七人グループ、クレージー・キャッツが中心メンバーだった。

「ハナ肇とクレージー・キャッツ」は、もともとは戦後の進駐軍時代に活動を始めたミュージシャンの集まりである。ジャズやディキシーランドを演奏する、腕の立つバンドだったから、彼らが楽器を演奏しながらやるギャグが売り物だった。この形式は、後輩のドリフターズやドンキー・カルテットに受け継がれる。

ドラマ仕立てのコントも面白かった。貧乏所帯の老人、ハナ肇が病気で臥せっていると、ザ・ピーナッツ姉妹が「お父っつぁん、おかゆができたわよ」と粗末な食事を運んでくるコントは、これも後に志村けんによってカヴァーされている。中気のお父っつぁんが手をゆらゆら震わせているのは、ハナ肇が始めた仕草だ。

「お呼びでない」など、この番組から生まれた流行語もたくさんある。

今でも憶えている、こんなコントがあった。

歌手の布施明がデビューしたときで（古い話だ）、新人の布施が緊張でこちこちになりながら、ハナやピーナッツのインタビューを受けている。それが終わると布施の歌に移行するという大事な場面で、突如鉄兜をかぶった兵隊の身なりの植木等が乱入してきて、「伏せえ！　伏せえ！」と大声で怒鳴る。一同思わずしゃがみかけて、はっと気づき、植木をにらむ。みんなの顔を見回して怪訝そうな顔をしていた植木が、場違いなところへ飛び込んできたことを知り、「お呼びでない？　お呼びでない」、そこで明るく声を張り上げて、「こりゃまた失礼いたしましたぁ！」と叫ぶとたんにどかんとなって、全員はらほろひれはれ、となるというオチ。

この番組から生まれたヒット曲も多い。

たとえば、植木等が明るくうたった「スーダラ節」。

恥ずかしながら、僕も幼い頃にこの歌をうたいまくっていたので、今でも歌詞を憶えていて、そらでうたえたりする。

ちょいと一杯のつもりで呑んで
いつのまにやらはしご酒
気がつきゃ公園のベンチでごろ寝
これじゃ身体にいいわきゃないよ
わかっちゃいるけどやめられねえ
あホレ　スイスイスーダラダッタ　スラスラスイスイスイー　（以下リフレイン）

活力にあふれた、明るいサラリーマン・ソングだ（作詞は青島幸男）。それをまた、植木等がめいっぱいの元気さでうたい飛ばした。大げさでなく、日本中の人が、この歌を口にし、元気づけられている感じだった。

もっとも、C調な男（もはや死語ですね。調子外れのお調子者ということです）というキャラを演じていた植木等は、実はお寺のせがれで、自他共に認める真面目人間だった。植木はこの歌を与えられたとき、その破天荒な歌詞に動揺して、自分に似つかわしい歌かどうか悩んだという。

実家に帰ったとき、住職である父親に「今度こんな歌をうたえっていわれたんだけど」と悩みを打ち明けると、植木がうたってみせたその歌を聴いた父親は、「それはすばらしい。親鸞上人の教えと同じだ」と感心して、ぜひうたうように勧めたのだそうだ。

本音だったのかどうか、もしかすると、芸能界という奇妙な世界で懸命に生きている息子にエールを送りたかったのかもしれない。そうだとすると、何ともすてきなお父さんではある。

昭和三十年代は、いわゆる高度成長期、上り坂の時代だった。戦争でたたきのめされた国民は、なんとか生き延びるために必死でがんばってきた。そして、ふと周りを見回すと、生活にはいくらか余裕ができ、将来に対する明るいヴィジョンも語られるようになっていた。

「がんばれば、もっともっと豊かで幸せな生活が送れるんだ」という明るい夢を、みんなが抱くようになった。それが昭和三十年代の後半という時代だった。

クレージー・キャッツが次々にヒットさせたエネルギッシュなサラリーマン・ソングは、その元気な時代の雰囲気を象徴するものだった。

植木等の歌では、他に「そのうちなんとか、なーるだーろーう」という歌もあった。小さな失敗なんかでくよくよするなよ、そのうちになんとかなるさ、という楽天的な人生観をうたった歌だ。クレージー・キャッツの歌ではないけれど、坂本九がヒットさせた「明日があるさ」なんかもこのころ流行った歌だったと思う。

いつもの駅でいつも逢う
セーラー服のお下げ髪
もう来るころ　もう来るころ
今日も待ちぼうけ
明日がある　明日がある
明日があーるーさー

この歌も、作詞は青島幸男だ。このころの青島幸男は、見事に時代の勢いとシンクロしていた。敗戦以来、うつむきがちに歩いてきた日本人が、昂然と顔を上げ、未来を見つめ始めたのがこの時代だった。『シャボン玉ホリデー』はそんな時代を背負った番組だった。だから、いまだに多くの人の記憶に焼きついているのだ。

そんな爆発的なエネルギーを発散するコントや歌が続いた後、エンディングで流れるのが、スタンダードの名曲「スターダスト」だった。

それまでとうってかわった大人のムードで、ザ・ピーナッツがしっとりと「スターダスト」をうたう。ハナ肇が後ろで混ぜ返すような冗談を言い、みぞおちに一発ひじ鉄砲をくらってすごみながら退場。ピーナッツもうたい収めてフレーム・アウトした後、街灯が一つ、ぽつんと灯っている下で、クレージー・キャッツのメンバーの一人、犬塚弘がギターをつま弾く（彼はベーシストなのだがギターも弾く）。その「スターダスト」の演奏は、いかにも夜のムードで素敵だった。

日曜日の夜、番組を大いに楽しんだあと、明日からまた一週間がんばって働こうという気力を甦らせている父親と一緒に、この粋なムードたっぷりのエンディングに耳を傾けているのは、家族のみんなにとって幸せなことだった。僕の家庭だけでなく、おそらく日本全国にそういう家庭が無数にあったことだろう。

なべおさみ著『病室のシャボン玉ホリデー』（文藝春秋）は、一九九三年、末期の肝臓ガンのため最後の入院をしたハナ肇が死去するまでの二十九日間の看病記である。なべはハナ肇の付き人として芸能界入りをした人で、「シャボン玉ホリデー」への出演を手始めに、一時期は華々しく売れていた。が、息子を大学に裏口入学させようとしたのが発覚して謹慎、このころは仕事がない状態だった。そのなべが、かつての師匠の最期を見取るために、病室につめることになった。

肝臓ガンの末期は、治療しても回復する見込みがないだけに、病名を知らない本人はともかく、看病する者がつらい。それに、六十三歳のハナ肇は、なまじまだ病気と闘う抵抗力が残っているだけに、苦痛も大きかったようだ。

そのハナの最後の戦いを、かつての仲間が見守ることになる。

毎夜病室に張りついて、献身的な看護をするなべおさみ。かつてのザ・ピーナッツの二人も、やはり毎夜病室の片隅にいて、あるときは意識のないハナ肇の耳元で「スターダスト」をうたう。植木等も毎夜のように訪れ、病人の頭に頰を寄せて、「いいかハナ、死ぬんじゃないぞ」と語りかける。

とくに印象に残ったのは、もはや意識のない病人の枕元で、なべやザ・ピーナッツ、谷啓らの面々が、即興で、かつての『シャボン玉ホリデー』のコントを始める場面だ。

周囲の会話がハナ肇の意識に届いていることを信じた彼らは、そんなやり方で病人を励まし、少しでも命を引き延ばそうとがんばったのだった。

ハナ肇という人の人徳もあるだろうが、彼らを結びつけていたのは、かつてある時代を共有し、夢中で駆け抜けた同志であり、戦友だという意識だったのだろう。

ザ・ピーナッツの二人は、そのころすでに引退してから十数年経っていのだが、深夜の病室に流れた「スターダスト」のメロディは、きっとこの上もなく美しいものだったに違いない。

瀕死のハナを残して、仕事で北海道へ旅立つのを最後までためらっていたという植木等も、昨年（二〇〇七年）鬼籍に入った。『シャボン玉ホリデー』の主要な台本作家の一人だった青島幸男も亡くなった（二〇〇六年没）。

「あの時代」を背負っていた人々は、いまや次々に退場しつつある。

最近、「東大生百人に聞きました」とかいうアンケートが行われ、「ハナ肇、植木等、谷啓らが在籍していたコミック・バンドの名前は？」という問いに対する正答率がゼロ・パーセントだったという記事を読んで、ショックを受けた。今の学生は、もう誰もクレージー・キャッツを知らないのだ。

でも、クレージー・キャッツの名前は忘れられても、かれらが作りだしたものは後の時代に影響を与え、今でも形を変えて受け継がれているはずだ。何よりも、彼らが発信していた、「がんばれば、僕らは今よりもっと豊かな生活を手に入れることができるんだ！　ばーっといこうぜ！」という明るいメッセージは、いつの時代でも必要な心意気なのではないだろうか。

ただの上昇志向とは違う、「夢を持つ」ことの大切さを、いつの時代にも忘れないで生きていきたいものだと思う。

大学で学ぶということ　*2009.1*

自分自身が大学生だった頃から通算すると、もう何十年も大学という組織を見続けてきた。そういう眼でふり返ってみると、この何十年かの間に、大学というもののあり方がずいぶん変わったと思う。大学そのものも変わったし、大学へ通う学生の意識も変化した。社会における大学の位置づけが変わったので、すべてが昔とは変わってしまったのだろう。

明治の末年当時、大学の進学率は多く見積もっても二パーセントぐらいで、官立に絞るとさらにずっと低くなる。東京帝国大学に入学して、熊本から上京してきた三四郎君は、押しも押されもせぬ秀才であり、トップ・エリートだった。

帝国大学のような官立の大学は、将来国家を支える人材を養成する機関と認識されていたから、三四郎君も当然そのつもりで、緊張感を持って大学生になろうとしている。それだけに、上京する汽車の中で出会った広田先生に、「将来この国はどうなるでしょうか」と尋ねた時、「滅びるね」という答えが返ってきたので仰天する。

大学の進学率が十パーセントを超えるのは、戦後もだいぶ経ってからで、大学紛争が起こった一九六〇年代の末でもまだ二十パーセント台だったはずだ。そのころまでは、大学生は紛れもなくエリートだったのであり、学生自身も、良きにつけ悪しきにつけ、自らが選ばれたエリートだという自覚を持っていた。紛争の時代の過激派学生が「労働者階級との連帯を！」などと叫んでいたのは、しょせんはそうしたエリート意識の裏返しである。今なら、学生が「労働者階級との連帯を！」と叫んだところで「お前が労働者階級じゃ」とつっこまれるだけだから、ギャグにしかならない。

一九七〇年代以降、大学生人口がうなぎ登りに増え、それにともなって大学新設や定員の増員が相次いだ。文部省（当時）も臨時定員増をむしろ奨励して、そうした流れに棹をさした。二〇〇八年現在、短大を含めると、大学進学率は五十パーセントに達しようとしている。現代は、若者の二人に一人が大学へ行く時代である。大学生は、もはやエリートなどではない。どこにでもいる、ふつうの若者とイコールの存在にすぎない。この現在の大学進学率は、国際的に見るとだいたい先進諸国並みで、特に高い数字というわけではない（韓国などはほとんど皆が大学進学を目指すので、大学進学率が九十パーセント以上と異常に高い）。しかし、中身をいろいろと分析してみると、日本の大学には、欧米の大学にはない独自の傾向もある。まず、四年間で卒業する学生の比率が極めて高い。僕が勤めている大学の場合では、もちろん様々な理由で留年する学生も少なくはないにしても、教授会資料で見ている感触でいうと、九割以上が四年間で卒業しているのではないかと思う。

中退率も低い。日本の大学生の中退率はトータルで見ると十パーセントぐらいだそうだが、英独仏などの諸国の大学の中退率が二十〜三十パーセント台であるのに較べると、明らかに低い。

日本の大学はいったん入学してしまえば四年間で卒業するのは楽だという定評は、統計的にも裏付けられる。

勉強が楽だから、そのぶんアルバイトなどに精を出すことになり、学生なのに大学での勉強が生活の中心になっていない、というような現象が起こる。これは、欧米の大学生から見るととても奇異なことに映るようだ。欧米の大学生も、もちろんアルバイトをすることはあるのだが、多くの場合それは学費の足しにどうしても必要だからで、日本風の言い方だと苦学している学生がほとんどだ。従って、時間的にも、授業が終わってからの夕方から深夜にかけての時間帯に働くことになる。授業時間帯にアルバイトをしている学生が町中にうろうろしているというような風景は、基本的にはあまり見られない。

大学での〈学び〉に対する感覚の違いも目につく。

欧米の学生と話をしていると、彼らの大部分は、大学の学生時代は、人生を生きるために必要な知識、教養、技能を可能な限り幅広く身につけるための期間として受け止めている。そして、その「生きていくために必要なもの」は、彼らの中でかなり具体的なものとしてイメージされている。

それは、必ずしも資格や技術の面に限らない。「教養」と呼ばれるような一見具体的に見えないような感じのする分野についても、「古典哲学」と「東洋史」は身につけておきたい分野だとか、「考古学」と「西洋音楽史」は大学時代に修得しておきたいとか、具体的な到達目標を持っていることが多い。彼らの思考は柔軟なので、対象となる分野もとても幅が広くて、人文科学、社会科学、自然科学、というそれぞれの枠組みを超えて学んでいるケースも多い。文学と建築学との両方の学位を持っているとか、職業的な音楽家を目指しているが、大学では医学を学んでいるとかいったことは、日本ではまず考えられないけれど、欧米の学生には珍しいことではない。

もっとも、欧米の学生とひとくくりにできない国民性の違いもあり、アメリカなどでは資格志向が強いので、将来社会に出た時にアピールできるような能力をなるべく幅広く身につけておこうという意識が強い。入学する時に志望する対象が自分の中でプログラム単位で設定されていて、そのプログラムを修得することが入学の目的となり、大学を卒業することは必ずしも目標ではない。先日の朝日新聞に、アメリカの大学では中退率が五〇%を超えるという記事が出ていたが、そういう意識の違いと関係があるだろう。自分が必要とすることが身につけばそれでいいので、卒業することへのこだわりが薄いのだ。

一方、フランスやイタリア、ドイツなど、ヨーロッパの学生は、もう少し幅広くじっくり学ぶことに目標を置いている感じがする。彼らの多くは、二十代の間は基本的に生きていくために必要なものを蓄積する期間としてとらえていて、その間にどれだけ腰を据えて勉強するかが一生のクオリティを決めると考えているような節がある。

従ってこれらの国では、大学に在籍している期間は長くなる傾向にある。修得単位の希少な学生は退学を勧告されるというシステムはあるはずだが、学ぶ意欲のある学生は長期にわたって在籍することが可能で、何年で出なければいけないという意識は希薄なようだ。日本の大学ではたいがい、卒業要件単位を満たしたら卒業しなければいけないシステムになっているので、いつまでも大学にいるというわけにはいかない。

日本の大学が、学生のニーズに応えようとするあまり専門学校化する傾向にある、ということも近年しばしば話題に上る。社会に出て役に立つような技術の習得や資格の取得ができるようにしてほしいと希望する学生が多いので、大学でも技術取得のためのコースや資格関連の科目に力を入れ、「学問の府」というイメージからは遠ざかりつつある、ということだ。

学問教養を身につける場であることを目指すのか、それとも技術や資格を取得する場として割り切るべきなのかは、どの大学でも頭を悩ませている問題である。

戦時中、江田島の海軍兵学校で、英語は敵性語であるから入学試験の科目から外し、入学後の英語教育も廃止すべきだという議論が持ち上がった。陸軍兵学校ではとっくに英語を廃止していたので、教官会議でもすんなり承認されそうになったが、「これをもって会議の決定としてよろしゅうございますか？」と問われた時に、それまで黙って聞いていた、兵学校校長の井上成美（海軍きっての知性派として知られた人物）が、「よろしくない」といって立ち上がり、厳しい口調で以下のように説いたという。

いったいどこの国に、一カ国語や二カ国語をしゃべれない海軍兵科将校があるか。軍人を養成する学校だから戦争に直接役に立つことだけ教えておればいいと言うなら、すべからく砲科学校・水雷学校等の術科学校を充実させればいいのであって、兵学校の存在意義はなくなる。卒業してすぐ実務に役立つような教育は「丁稚《でっち》教育」であって、丁稚《でっち》の養成をもって本校の教育の眼目とするわけにはいかない。兵学校教育の目的は、識見と教養とを備えた、将来どこへ出しても恥ずかしくない海軍将校の素地を養うにある、と。

この井上成美の方針により、海軍兵学校では驚くべきことに、終戦まで英語教育が正科として続けられ、入学してきた学生には英和辞典が貸与されたという。

井上が言っているのは、今のことばで言えば、専門に特化されない「教養教育《リベラルアーツ》」ということであり、国際人に不可欠なのは「すぐに役に立つ技術」ではなく、その人をひとつの人格として成り立たせている「教養」なのだ、ということだろう。

僕は、大学という場所は、高度な教育システムの中で自分の人格に磨きをかけるところだと思っている。わかってもわからなくても、体系的な知の世界に触れ、そういう世界があるのだということを身をもって知ることが大切だと思う。そうした環境に十分に身を馴染ませるためには、焦らずにじっくりと学ぶという姿勢が大事だ。後になってみないとわからないけれども、二十歳前後の数年間は、驚くべき早さと鋭敏さで様々なことを吸収できる時期で、その時期に落ち着いて学んでおかないと、後になって取り返しのつかないことになる。

僕自身ふり返ってみて、その時はやりたいことを夢中で勉強していただけだと思っていたのに、今から考えると、学生時時代の学びは、信じられないほどの凝縮された密度の高いものだった。学生時代に一年かけて修得したのと同じことをいま改めて学び直そうと思ったら、まちがいなく五年や十年はかかるだろう。

学生時代の一年という時間は、それだけの重みを持っている。

その大事な期間にどのような過ごし方をしたかは、確かにその人の一生を左右するだろう。

今の学生は、三年生になるともう就職活動で走り回らなければならない。学生として落ち着いて学ぶことのできる期間は、実際には四年間よりもずっと短い。僕たちからすると、それが見ていてとても歯がゆいのだ。

日本の教育環境からすると、高校を卒業したらすぐに大学へ進学するべきもの、大学を卒業したらすぐに就職するべきもの、という眼に見えない脅迫観念のようなものが働いていて、若者はまるで途中で降りられないエスカレーターに乗っているような気分でいるように見える。その自動連続のシステムから外れたら、落伍したかのように感じさせられるような。だから、みんなが就職活動に走り始めると、どの学生も乗り遅れてはならじと自分も走り始める。

もちろん、若者をそうし向けているのは、周りの社会である。大学での学びの大切さを理解しない社会、留年したり既卒だったりすると、品質に問題があるかのように見なす社会、そういう社会が、大学での学びを空洞化させている。

一方で、卒業しても勤労意欲が湧かず、ニートになる若者が多いことが社会問題化していて（勤労意欲がないということと、働く意欲はあるのに職がないということとは、区別しなければならないが）、「働くことの意味」を教える講座を創設するなど、各大学も様々な取り組みを行い始めている。

しかし、社会へ出て働くことの意味を大学で教えるのなら、その前の高校では、大学で学ぶことの意味を教える教育が必要なはずだ。高校では大学に入ることが自己目的化していて、大学では社会に出ることの意味を教えるというのでは、大学はただの通過点になってしまう。

今の日本ではまさに、大学は四年間を過ごすだけの通過点になってしまいつつある。

これでは、せっかく大学に入学しても、四年間経って卒業する時に、大学で何を学んだのか自分でもあまりよくわからないという曖昧な気分のまま卒業していくことになる。これはあまりに悲惨な状況ではないだろうか。

大学では、落ち着いた気持ちで、充実した学びを経験してほしい。将来、つらいことや悩み事にぶつかった時にも、大学時代のことを思い出して、「あそこで形成された自分という人格の核の部分、それは誰にも誇れる確かなものだ」と確認でき、力を取り戻すことができるような、そんな学生時代を過ごして卒業していってほしいと思う。

こんなことを言うと、今や大学の中にいてさえも、「そんなのはただの夢物語ですよ」といわれかねないところが悲しいのだけれど。

ブログより

ブログ＋◇学生による「研究室だより」

❏

2004.5.11 (Tue)

学科主任という名の雑用引き受け係の任期が、この三月で終わりました。

あいにく厚木キャンパスから相模原キャンパスへの移転の時期と重なったため、厚木の店じまいと相模原開学の準備（はじめて学科研究室の下見に行った時にはまだ工事中でした）、それにあわせての全学共通科目の改変など、雑用もトラブルも平時よりはるかに多く、悪夢のような二年間でしたが、なんとか無事に終えることができました。

せいせいした気分になったところで、新たな試みとして、このホーム・ページを立ち上げることにします。時間をかけてコンテンツを増やし、卒業生・在校生が交流できるような楽しいページにしていきたいと思っています。どうぞご意見をお寄せください。

M1・TO

◇ *2004.5.15 (Sat)*

二〇〇四年度、青山キャンパスの学部演習は昨年度からの継続で『源氏物語』橋姫巻の途中から読んでいます。

三年生二十一名、四年生八名、院生二名、聴講生一名の総勢三十二名という例年にない大所帯です。人数の多さから、どうしても参加者個々の発言時間が限られてしまうというデメリットはありますが、より様々な視点からの発言に接することができるというメリットを、参加者は感じとっていることと思います。

今回の箇所は、薫が宇治の姫君をはじめて垣間見するという場面。御簾の巻き上げかた、姫君等の位置といったことが話題となりました。思いのほか三年生からの発言も多く、なかなかよいスタートが切れた、と土方先生も仰っていました。

2004.6.21 (Mon)

今日は相模原キャンパスでの授業日。

あいにくの台風の影響で、傘が役に立たない吹き降り、下着までびしょぬれになるほどの大雨でした。

学生の欠席も多いだろうと予想していたのですが、二年生の演習は全員出席。教室の窓に雨がたたきつけるのを尻目に、『堤中納言物語』をテキストにして活発な議論を展開してくれました。

学生の質が低下し、授業中も私語が多いという話も聞きますが、それはよその話で、日文科の学生は健在です。卒業生の皆さん、ご安心下さい。

M2・MF

◇ *2004.6.22 (Tue)*

六月十九日土曜日、日本文学会大会がありました。午前中は、日本大学文理学部教授、紅野謙介氏による講演会でした。「山中峯太郎と〝少年倶楽部〟——「亜細亜の曙」の背景」と題し、パワーポイントを使った映像資料を見ながらの、わかりやすくおもしろい授業でした。午後は、院生による研究発表と懇親会です。最近は、懇親会でビンゴ大会が行われています。商品は教授陣の私物などなど。土方先生は、オススメのCDを出品されたそうです。残念ながら、我がゼミからはビンゴ者は出ませんでしたが、来年こそは！　と、楽しみです♪　皆さんもお時間ございましたら是非、大会そして懇親会にいらしてみて下さい。

来週からは、院ゼミの時間に『和泉式部日記』を読んでいきます。和歌だらけで頭がくらくらしてきそうですが、暑さに負けず、しっかり取り組みたいと思います。

YT

◇ *2004.7.3 (Sat)*

学部演習の「橋姫」の読みはいま、薫と宇治の姫達が初めて出会い、薫出生の秘密が明らかにされようとする、佳境にさしかかっています。文章が人びとの一挙手一投足、心の動きひとつひとつに沿っているため、薫や姫君達の呼吸すらかかりそうな「近さ」を感じる部分です。私たちが彼等に漠然と抱く思い入れをリセットし、虚心にそれらに触れてみると、なんと複雑かつ巧妙な描写、人物造型がなされていることか、千年も昔に書かれたと思うとなおさら、感心せずにはいられません。

2004.7.5 (Mon)

参院選が近づいてきました。選挙権を得て以来何十年か、一度も選挙を棄権したことがないというのが、僕のひそかな誇りです。出張などでその日東京にいないときでも、必ず不在者投票をしてきました。

先頃、スペインの駅で爆弾テロがあり、大勢の無辜の人々が死傷しました。そのあと、マドリードでは抗議と祈りのデモが行われ、このデモには、マドリード市民の四分の一が自発的に家から出て参加したそうです。普段は政治的な行動と無縁な人々が、自ら声を上げ、行動したのです。

いま日本で同様の事件が起きたとして、同じようなことが起こるかというと、それはあまり考えられません。自分の身の回りで起こっていることに対して、一人一人が声を上げて意思を表明することの大切さが忘れられているような気がします。

それは日本人のメンタリティなのか、そうした意識が教育の場を通して抑圧されているのか、様々な要因があると思いますが、何十億分の一の声にすぎなくても、我々一人一人の発言や行動が社会を動かしていくということを信じたいと思います。

せめて、僕らにできる最低限の意思表明の手段として、選挙の際には選挙公報を読んで、投票に行きましょう。

＊2015.9追記　このところの安保法案を廻る動きなどを見ていると、一般市民が声を上げ、政治にもの申す姿勢が見られるようになりました。絶望するのは早いということですね。

2004.7.19 (Mon)

梅雨も明けて、いよいよ夏休みという季節になってきました。

この季節になると、子供の頃、母方の祖父母の家で過ごした夏休みを懐かしく思い出します。祖父母の家は鎌倉の由比ヶ浜というところにあったので、夏休みになると、母親に連れられて一週間ぐらいも由比ヶ浜の家で暮らしたものです。海岸のすぐ近くだったので、庭も貝殻混じりの浜辺の砂で覆われ、夜には波の音がしきりに耳に響いてきました。天気がよく、海も静かな日には、朝食を食べると大人たちはお弁当を作り、僕ら子どもは水着のままで出かけて、海岸にシートを敷き、ビーチパラソルを立てて、お昼を挟んで午後遅い時間まで泳いだり砂遊びをしたりして過ごしたものです。

母親は四人姉妹の二番目で、それぞれの家族が集合した時などは、大人も大勢いるし、いとこ同士の子供たちもいっぱいいいて、大家族の楽しさが味わえました。家族がこの由比ヶ浜の家に滞在している間は、父親たちも会社からまっすぐこちらへ帰って来て、週末などはそのまま翌日みんなで海に出かけるといった具合でした。

夏休みの鎌倉海岸は人が多かったけれど、いまほど芋を洗うような人出ということはなかったように思います。でも、泳いでいると潮に流されてしまうことがあるので、いつもうちのパラソルの位置に気を付けておくようにと注意されていました。そこがいわば我が一族の本拠地で、そこには祖父母や両親、叔父叔母がいる。子供としては、大勢の大人に見守られている安心感がありました。

日本に本格的なグループサウンズ・ブームがくるちょっと前で、浜辺にはベンチャーズやビーチボーイズが流れていたように憶えています。

2004.8.23 (Mon)

池袋にある旧江戸川乱歩邸を見学してきました。乱歩が一九六五年に亡くなるまで家族とともに住んだ家で、近年遺族が売却して現在では立教大学の所有になっています。古今の蔵書を収めた有名な土蔵があり、入口までしか入れませんでしたが、じっくりと見てきました。

乱歩邸の敷地は立教大学に隣接していて、乱歩のご子息が立教の教授を勤めていた関係もあり、大学が買い上げたのは自然な経緯だったと思います。きっと、大学の文化的資産として売りになることでしょう。いま池袋は来年の没後四十年に向けて町をあげての乱歩ブームで売ろうとしており、大学もその地域一帯の盛り上がりの波に協力しているようです。

M２・MF

◇ *2004.10.6 (Wed)*

一〇月七日は……。土方先生の HAPPY

BIRTH DAY!! なのです。早速皆でお誕生会を開きました。

今月は、共に院の授業を受けているCSさんも誕生月。ということで、ケーキも二つ用意して、二人をお祝いしました。歌を歌い、蝋燭を吹き消し……。いつもの研究室が、ちょっと素敵なパーティー会場になりました。後期授業が始まった途端に甘いもの報告、というのも気が引けますが……。リフォーム後も相変わらずの研究室です。

もうすぐ青学祭。昼休みには、応援団が練習する音でにぎやかな学校です。食欲の秋！ではなく、学問の秋といきたいものです……ね。

2004.10.7 (Thu)

思いきりばらされてしまったので白状しますが、誕生日です（笑）。

誕生日がうれしい年齢でもないですが、誕生日には自分が祝ってもらうよりも生んでくれた母親に感謝することにしているので、母が眠る多磨霊園に行ってきました。久しぶりの晴天で、広大な霊園の中を歩くと、いつもながらすがすがしい気分になります。お墓に花を供えて、しばし感慨にふけりました。秋とは言え日差しが強かったので、敷石に手を当てるとかすかに温かくなっていました。

2004.11.1 (Mon)

上野毛の五島美術館でやっている「明月記展」に行ってきました。『明月記』はご存じのように藤原定家の日記で、十代の頃から晩年に至るまで営々と書き続けられた日々の記録です。『明月記』の現物がこれだけ一度に公開されるのは珍しいのではないでしょうか。例の『源氏物語』の書写を伝える部分なども展示されていて、なかなか見応えがありましたが、面白かったのは、「朝儀次第書」に付属している束帯人形というものです。縦二・七センチメートル、横二・〇センチメートルという小さな紙の人形なのですが、これが衣冠束帯の正装で実にかわいい。

儀式の際には故実に則って振る舞うことが何よりも大事で、そのため儀式の前に太政官庁の平面図の上でこの人形を動かしてリハーサルをするために作ったものらしい。貴族が一人前の貴族としてミスをせずにやっていくのも、なかなか大変だったのでしょうね。

定家がまだ少年の息子為家を前にして、この紙の人形を動かしながら、「ここをまっすぐに進み出て、ここまで来たら笏を持ち上げて拝礼するのじゃぞ」なんて教えている図を想像して、微笑ましくなりました。

◇ *2004.11.11 (Thu)*

M1・TO

土方先生の論集『物語史の解析学』（風間書房）が十月末に刊行されました。刊行に先立つ数ヶ月前、CSさん＋院生三人の四人がこの校正をお手伝いさせていただきました。何本かは既読のものもありましたが、《校正》となるとちょっと話が別でした。執筆時期が長年に亘っているため、書式がモノによってまちまち。そうした部分に整合性を持たせるのが一苦労でした。

今回の校正を通して、書物が刊行されるプロセスの一端を、身をもって体験することができました。

2004.11.16 (Tue)

山種美術館の速水御舟展に行ってきました。

絵画はある瞬間を写し取る芸術ですが、御舟はそこに緩やかな時間の流れを内包させることのできる画家です。たとえば、燃えさかる火の周りを蛾が乱舞している、有名な『炎舞』（一九二五年、重文）にしても、蛾が羽ばたきながら魅せられたように炎の周囲に留まっている、その浮遊する時間の流れが感じられるし、『春の宵』（一九三四年）では、夜の闇の中にほの白く浮かび上がった桜の樹から花びらが散り続ける、その花びらの緩やかな動きが感じられます。

しかし、そこから感じられるのは、動きというよりは、止まったような静謐な時間の美しさです。ゆっくりと流れるようなひとときを写し取ることで、そこに無窮の時間を感じさせ、悠久への思いに見る者を誘なうのです。徹底した写実を通して、一つの思想・信仰にまで至りつく、日本画の王道を行った画業だと言えるでしょう。

それにしても、わずか四十一歳で亡くなった御舟の到達したこの〈深さ〉には圧倒されました。

2004.11.23 (Tue)

僕は教師をやっているときの自分があまり好きではありません。教壇に立っているときは、仕方がないので教師のふりをしていますが、大学から一歩外へ出たらもうそんなことは忘れて、一民間人（というのも変だな）に戻りたいのです。

それはそれとして、でも授業で手抜きはしていないつもりです。授業をうまく進めるためには、
1　時間をかけて準備をすること。
2　聴き手の反応を見ながらしゃべること。
3　自分自身強い興味を持ってしゃべることが必要だと、という三つの条件がそろっていることが必要だと、経験上感じています。この三つの条件がそろったとき（たまにしかないけど）、それでも聴き手がついてこなかったとか、私語が多かったというようなことは経験したことがありません。聴き手の中に何かがしみこんでいくのが実感できるのです。この喜びがあるから、僕は教師を続けているのかもしれません。
三つの条件のうち、ともすると忘れられがちなのは3ではないでしょうか。何年もかけて充分に練り上げたネタをしゃべれば、それだけ完成度の高い授業になるように思われがちですが、繰り返し取り上げた結果、僕自身がそのネタに対して新鮮な興味を失ってしまっているような場合、聴き手は案外しらっとしていることが多いようです。しゃべる人間の中に熱いものがあれば、しどろもどろであってもその思いは伝わるものなのかもしれません。でもノリだけで勝負しようとするのは危険なことで、やはり方法的な吟味と入念な準備は必要なのです。

そんなことを考えつつ、ずっといやいや教師をやっています。

2004.11.29 (Mon)

だいぶ肌寒くなってきました。今年の点火祭も無

事に終わったようです。「ようです」というのは、例年はこの日前後に四年生が卒論の質問や点検のために研究室に来ているのですが、今年は誰も来ていないという珍しい年になったため、研究室から点火祭を見物することなく帰ってしまったからです。四年生、大丈夫か？

この季節になると、卒論の追い上げと共に年の瀬が迫ってくる気がして、にわかにあわただしくなります。

クリスマスのイリュミネーションも年の瀬を感じさせる風物詩ですが、とくに購買会の前に卒業式用の袴のディスプレイが立つと、「ああ、またこの季節になったなあ」と感じます。いそいそと楽しそうに袴の色や柄を選んでいる女子学生の横を通り過ぎながら、「学生時代が終わって社会へ出るということが、人生の中でどういうことを意味するのか、この子たちはずいぶん後になってから知ることになるのかもしれないな」と思うと、何か痛ましいような気持ちになることがあります。

よけいなお世話なんですけどね。

2004.12.16 (Thu)

週末、卒業生が五人も会いに来てくれ、ご飯を食べながら楽しくおしゃべりしました。卒業以来のあれこれの話を聞いていると、「みんな本当にがんばっているなあ」と嬉しくなります。また、彼らが現在の自分のポジションを客観的に見つめていること、将来のことを真剣に考えていることには驚かされます。

「ゼミであんなことがあった、こんなことがあった」と、僕が忘れていたようなことも話題になり、「よくおぼえていてくれたなあ」と感心しました。

卒業後もこのようなつながりが持てるということはつくづく幸せなことだと思います。

懐かしいキャンパスのクリスマス・ツリーを見に行ったり、写真を撮ったりしました。

また来てね。

2004.12.20 (Mon)

先頃行われたＯＥＣＤの調査で、日本の子供の学力低下が顕著な数字となって表れました。読解力は前回の八位から十四位に、数学的リテラシーは一位から六位に落ちたそうです。ＩＥＡの調査でも、理科の能力の低下がはっきりとした数字となって表れています。

統計調査の数字は必ずしも客観的な状況を反映していない場合もあり、受け止め方は慎重であるべきですが、読解力の低下というデータは、過去二十年ぐらいの間大学生を見てきた僕の印象とも一致します。即ち、じっくりと文章を読んで、書かれていることの意味を考え抜く力が、大学生レベルでも明らかに低下していると感じられるのです。読む＝書く能力は連動しているから、それは当然自分が書いた文章を推敲手直しする能力の低下とも結びついています。漠然とした印象ですが、それは能力＝リテラシーの問題である以前に、「学ぶ姿勢」という本質的なことに関わる変化であるように感じます。

この調査を受けて、文科省では慌てて土曜日授業の容認の方針を打ち出しており、文科大臣は「競争意識」を持たせるために全国学力テストの実施を提案しています。昨日まで「ゆとり教育」をうたっていたのが、このような調査結果が出るとたちまち百八十度方向転換するような方針を打ち出すのでは、現場はたまったものではありません。子供たちも安易な指導方針の変更に振り回されるだけです。

『朝日新聞』の「私の視点」で刈谷剛彦氏が述べているように、この間文科省は頻繁に学習指導要領の変更を行ってきたにもかかわらず、その結果子供の「学び」にどのような変化が起きたのかの検証を怠ってきたこと、またそのデータを持っていても公開してこなかったこと、が大きな問題だと思います。そして、否定しがたい学力の低下というようなデータが他から出てくると、文科省はその責任を現場に転嫁するのです。

学力が低下し、学力格差が広がっている状況を変える手だてとしては、行政が「指導」するという考え方を改め、現場の裁量権を拡大することが必要だと思います。子供たちは一人一人が違い、現場の雰囲気も学校によって違います。効果的な方策は一律でなく、現場現場で違うはずだと思います。検定教科書や指導要領で学習内容を縛り、授業時間や授業内容も厳しく規定し、人事権も予算の裁量も認めないのでは、各学校が抱えている具体的な問題に対応することはほとんど不可能です。

大枠としての指導方針は必要ですが、そのとき、その場で何を教えるべきかという判断は、そこにいる教員と子供たちとの、その場にしかない具体的な触れ合いの中から生まれてくるものです。この国の公教育を救う道は、行政が教員を管理するという発想を捨てること、それ以外にないと思います。

2005.1.20 (Thu)

英国放射線防護局の理事長が記者会見で、八歳以下の子供には携帯電話を使わせないようにと警告したそうです（一月十二日付共同通信）。人体に及ぼす電磁波の影響は以前から問題になっているのですが、有害であるという確たる証拠がないということで、規制などの動きは鈍いようです。

僕は数年前に、東北大の大学院を出て研究者になっている理系の友人から警告を受けました。マウス等による実験では、電磁波をあてると腫瘍や白血病の発生率が有意な値で増加することが確かめられているそうです。人間に関しても同じことが言えるかどうかはわからないが、動物に有害な以上少なくともまったく無害ということはあり得ない、特に携帯電話は脳の近くで動作するので影響が大きく、また電磁波は球形の物の中では増幅される性質があるので、頭蓋骨に覆われている脳が損傷を受けるおそれは充分にあるというのが、その友人の話でした。

電磁波は携帯だけでなく電気製品の多くから発生しており、天井の蛍光灯からだって微弱な電磁波は発生しています。つまり、現代社会の中で生きている以上、誰も電磁波から免れることはできないわけです。

理系の友人の話で怖いと思ったのは、電磁波に囲まれて生活していると、腫瘍などの危険性の他に、遺伝子レベルでの影響を受ける可能性も考えられなくはないのだそうです。ということは、いまの若者の子供の世代ぐらいになったときにその結果が表れるわけで、我々は現在、人類規模で壮大な人体実験を行っているのと同じなのです。

この事態に対して、メーカー自身はもちろん積極的な調査を行おうとはしないだろうし、政府等の公的機関でも、大きなヒット商品である携帯に規制をかけたりしたら景気に悪影響が出るおそれがあるから、たとえ何らかのデータを持っていたとしてもできるだけ伏せておこうとするでしょう（イギリスが比較的神経質なのは、保守的なお国柄のためだけでなく、ＩＴ関連や精密機器関連の産業への依存度がアメリカや日本より低いからでしょう）。

携帯などに関しては、電磁波のレベルに厳しい基準を設けたり、使用についての注意を喚起したりすべきだと思いますが、今のところ日本ではそのような動きが出てくる気配はありません。携帯の乱用を控えること、特に子供の使用については慎重にすること、等の手立てによって、自衛するしかありません。

＊追記　携帯電話が発する電磁波は、当時と較べてかなり微弱になっているため、最近では電車の優先席付近での携帯の使用制限を緩和する方向になってきています。

研究室（略称「ひじ研」）、珍しく誰もいない……。

2005.4.17 (Sun)

新年度の授業がとりあえずひと回りしました。

演習（渋谷）＝『竹取物語』と『風の又三郎』、特講＝物語の理論、演習（相模原）＝『枕草子』、院ゼミ＝『紫式部日記』、あとは日本文学史Ⅰと卒論指導という六コマ担当です。平安と近代とを組み合わせた新機軸の演習がうまくいくかどうかちょっと不安なのですが、履修メンバーの顔ぶれを見て何とか助けてもらえそうだという感触を持ちました。

卒論指導は、今年は相方の高田先生が特別研究期間でお休みなので、久しぶりに十五名を超える学生を指導することになりそうです。

2005.4.23 (Sat)

こぶ平改め九代目林家正蔵の襲名披露公演を見に浅草演芸ホールまで行って来ました。

雨の日の平日というのに、演芸ホールは満員。さすがに人気者の九代目だけのことはあります。襲名披露で壇上に並んだ、林家木久蔵（現木久扇）、橘家円蔵、三遊亭金馬、鈴々舎馬風といった現落語協会の大幹部たちの口上も、久々に現れたスター（血筋もいい。なにしろ三平の息子ですから）を大事に育てようという温かさが感じられるもので、気持ちのよいひとときを過ごしました。

新正蔵の出し物は「芝居小僧」、「忠臣蔵」四段目の判官腹切りの場をパロディ化した芝居話風の話ですが、芝居の勉強も怠っていないことを示した真面目で力のこもった高座で、将来を期待させるものがありました。

M2・TO

◇2005.5.11 (Wed)

今年度土方先生の研究室には後期課程に一名、前期課程に二名が進学し、大学院のメンバーは六人となりました。

大学院演習では『紫式部日記』を最初から読んでいます。ここ数回は「時制意識」「作者の位相」「史実年次追求の意義」といったことなどが話題となっています。

昨年度後半あたりから、土方先生はたいへん「やる気」でいらっしゃいます。四月からは研究室のメンバー六人に上代の一名を交えて、図書館にある源語写本の調査をしています。各人がおよそ一巻の半分を担当し青表紙本系統諸本との異同をリスト・アップするという形です。有意義な成果が出るといいと思います。

◇ *2005.6.3 (Fri)*

M1・AN

現在、学部の演習では『竹取物語』を読んでいます。初回では、「今は昔、竹取の翁といふ者ありけり。」という冒頭の一文のみで九十分議論がなされていました。どんな作品でもそうですが、やはり冒頭部分というのは重要であると再認識しました。

日本人独特の謙虚さを発揮して（?）最初は遠慮してなかなか発言しにくかったようですが、二回目になると参加者全員が積極的に挙手して活発に議論を戦わせていました。議論が白熱してくると思いもよらない方向へと話題が広がっていくため、最終的には発表者の思惑とは全く別の地点へ着地してしまうこともしばしばなようです。

私としてはなかなかの盛り上がりで幸先いいなと思っていたのですが、昨年から続けて土方先生の演習をとっていらっしゃる方々に言わせれば、まだまだこんなものではないとのことです。ユニークな発言が飛び出すことも多く、これからもいろいろと楽しみな演習です。

2005.6.19 (Sun)

昨日は卒業生と続けている勉強会でした。現在中等部の教員をしているS君が、とてもいい実践報告をしてくれ、詩をどのように教えるべきか、そもそも何が詩なんだろう、というようなことについて、とても有意義な討論が行われました。

二次会では、このホームページのことも話題になりました。たとえば、「談話室」で学年が離れている卒業生同士でどうコミュニケーションをとることが可能なのか、というようなこと。同じゼミの出身の多くの卒業生がお互いにつながりを持つようになるのが理想なのですが、なかなか難しいです。

◇ 2005.7.24 (Sun)

M1・MO

七月は、話題の豊富な時期でした。掲示板でも話題になっている修論中間発表では、先輩のOさん、Fさん、Yさんが発表されました。ちなみに、一年めの私たちはタイムキーパーとして活動しました。同期のNさんは絶妙な切り返しでヒーローになり、司会として先輩のSさんが大活躍していました。先輩たちの発表は、私たち後輩にはとても刺激になり（というか、あんな風にまとめられない。どうしよう…。とM1同期一同圧倒されていたんですけど）、先輩たちも後期課程の先輩方から有効なご指摘をいただいて有意義な日になったようです。

学部ゼミでは、毎週熱い議論がされています。何しろ、指名制ではなく挙手制で自分の意見をいっていく雰囲気なので、それに触発され、ほぼ全員が毎回発言しています。その中にも、エース的な発言をする人もいて、彼女の一言で議論が更に白熱。毎回、発表者は丹念に下調べを行い、最近ではそれぞれ司会のやり方にも慣れてきています。ともあれ、梅雨バテもどこへやらという雰囲気で、楽しく勉強しています。先生も、毎回楽しそうです。前期の終わりには先生のお気に入りのロイヤルホストでお食事会を開催しておりました。今年は、久しぶりに学部生でゼミ旅行が企画されています。先生の寵愛を競いあう本当に熱いゼミ生です。学部生たちは。

2005.7.30 (Sat)

昨日は久しぶりに早く家を出て、相模原の定期試験の監督をしてきました。自分の担当科目の試験ではありません。我が大学には、他人の科目の試験監督を教員に割り振るという奇習があります。

懸命に答案に鉛筆を走らせる学生諸君を横目で見ながら、村上春樹の『ダンス・ダンス・ダンス』を再読し（今年村上春樹で卒論を書く人がいるので）、ときどき窓の外の風景に目をやって、木々の真夏の日差しに光っているところと、葉陰になっているところの強いコントラストを眺めつつ、「財政学なんて、どこが面白いんだろう」などと考えていました。

終わると、渋谷にとってかえして十四時から会議(両キャンパスの移動時間はちょうど九十分ぐらいです)。それも細かい文章に目を走らせて文言をチェックするという神経を使う作業で、終わるとさすがに疲れ果てました。

2005.8.1 (Mon)

やむを得ない事情で自転車を区役所の支所の駐輪所に乗り捨て、数日後に取りにいったらなくなっていました。

支所の窓口に電話をしたら、駐輪所内は撤去エリアではないとのこと、さては盗まれたかと思ったのですが、鍵もかけていたし、新品でもないし、解せない感じが残りました。

撤去自転車の保管所へ探しに行ったりいろいろ苦労したあげく、結局支所の奥の別のスペースに移動されていたことが分かりました。最初に問い合わせた時にそう言えよ、と言いたいところですが、我慢して引き取りに行きました。

自宅からちょっと離れているので、別の自転車に乗っていったため、帰りは自転車が二台。二台の自転車を身体の両側で押して歩いて帰れるかと不安だったのですが、ちょっとしたコツが分かると可能です。

炎天下、二台の自転車を押して歩いてくるのは大変でしたが、愛車? が取り戻せてよかったです。彼(自転車)も十日以上放っておかれて寂しかったのでしょう、自宅に連れ帰った時にはうれしそうに見えました。

2005.9.15 (Thu)

「ドレスデン国立美術館展」(於国立西洋美術館)に行ってきました。

この種の美術展はいつもひどく混むので、行くのが億劫になるのですが、雨の日の午前中だったせいか、比較的空いていて、ゆっくり見ることができました。

お目当ては、フェルメールの「窓辺で手紙を読む若い女」で、混んでいる時ならおそらく人だかりができるような作品ですが、五分ぐらい眺めていたうちの半分ぐらいは、絵の前に僕しかいなくて、フェルメールを独り占めという贅沢を味わいました。

それから、ティツィアーノの「白いドレスの女性の肖像」に圧倒されました。神々しいまでの名品です。見る人の魂まで浄化するような、本物の芸術を目の当たりにして、打ちのめされるような思いでした。

授業期間中は忙しくてなかなか美術展にも行けませんが、やはりときには植木に水をやるように、心に養分を送ってやる必要があるようです。

2005.9.25 (Sun)

渋谷のオープン・キャンパスで模擬授業をやってきました。

台風が接近中の雨天ということもあり、人出はいまいちで、模擬授業の教室も高校生とその父兄とで六分ぐらいの入り、けっこう空席が目立つという寂しい状況でした。僕の授業そのものも、パソコンを使って画像を見てもらうなどという慣れないことをやったせいか、もう一つ出来が良くなかったようです。反省。

近年では、大学のオープン・キャンパスが学生募集のための大事な催しになっています。なかには毎月のようにやっている大学もあり、どこも必死な感じが伝わってきます。本学でも、渋谷で二回、相模原で一回、それ以外に社会人を対象にしたものもあって、必死感はあるのですが、問題はオープン・キャンパスをやって大学の何を伝えるかです。

ここ四〜五年は、オープン・キャンパスがすっかりイベント化してきて、高校生のほうも大学をはしごしてキャンパス・グッズを集めるのが目的で来校しているというような話を聞くと、来校者が多かったから成功だと単純に喜ぶわけにはいかないような気がします。

大学の楽しいイメージばかりを売りにするような空疎なことをやっていてもだめで、結局は、夢を持つ若者を引きつけるだけの内容のある大学であるかどうかが問題なのでしょう。イメージ戦略も大切だけど、恒常的な研究と教育の質で最後は勝負がつくのだろうなと、ややむなしい気持ちを抱きつつ帰途につきました。

◇ *2005.10.13 (Thu)*

M3・MY

あっという間に夏休みが終わり、十月になってしまいました。十月といえば、土方先生のお誕生日です。先生が「近況」で書いていらっしゃいましたが、先生のお誕生日当日は学部のゼミ生たちがお祝いをしていました。

みんなで「Happy birthday ヨウ様♪」と歌っていたとのこと。実は先生のファンクラブ（？）もあるらしく、学部生の間では「ヨウ様フィーバー」が起こっているようです。私たち院生は、十一日の院ゼミ終了後、先生とお誕生日間近のS大先輩、お二人のお誕生会を開きました。先生には初代ゴジラのフィギュアをプレゼントしたのですが、さっそく以前から研究室にいるゴジラと戦わせてみたりご満悦の様子。私達にはゴジラ同士が戯れているようにしか見えないのですが（笑）。

◇ *2005.10.25 (Tue)*

M2・TO

後期の授業も残り二ヶ月程となりました。今年度前期課程を修了する三人はそれぞれに進路がきまりつつあり、そういった話題が多く交わされる今日この頃です。

研究室には土方先生から卒論のご指導を受ける学部生が目立つようになってきました。たくさんご指導いただける学生は恵まれていると思います。わたしが卒論を書いていたとき、土方先生はちょうど学科主任でいらしたために、（1）「（～するに）足る」は平仮名で書くこと。（2）「～と云う（○○）」も平仮名で書くこと。（3）「未だ」も平仮名で書くこと。の三点しかご指導を受けることができませんでした。ことある毎にこの点を先生に申していたので、今回の修論では割合細かくご指導いただけているような気がします。

一月中旬に予定されているシンポジウム第二弾も、水面下ではちゃくちゃくと準備が進行しているようです。年明けがたのしみです。

2005.11.12 (Sat)

オーストリア航空がスポンサーになって、年一回のペースで行われているモースト・フレンドリイ・コンサートに行ってきました。

ウイーン・フィルのメンバーで構成されているウィーン・ザイフェルト弦楽四重奏団の室内楽です。

このコンサートの特徴は、様々な障害を持った人たちに気軽に音楽を楽しんでもらおうというスポンサーの方針で、大勢の障害児・者が無料で招待されていることで、車椅子の人や、盲導犬を連れた視覚に障害のある人、それに今回初めて骨伝導による聴取システムを導入したとかで、手話でやりとりしている聴覚に障害のある人も来ていました。

障害を持った人たちは、まだまだ様々な理由からコンサート会場などには出向きにくいので、みんなにこにこして音楽を楽しんでいました。中には、演奏中に嬉しくて声を出してしまうような人もいるのですが、そんなこと演奏者は全然平気で、微笑みながら演奏を続けていました。

一番いいことは、これが「障害者のためのコンサート」ではなく、一般の来客と一緒の催しだったことで、障害者を囲い込むのでなく、お互いの個性を認めあった上で、一緒に一つの空間を生きることが大切なのだと思うのです。演奏中に声を出してしまっても、隣で痰の吸引をしていても、そういうことをお互いに認めあい、共に人生を楽しむのが、「共生」ということなのでしょう。

いわゆる健常な人も、車椅子の人も、知的な障害を持つ人も、目や耳が不自由な人も、みんな一緒に音楽に耳を傾け、音楽を楽しんでいる、それが成熟した豊かな社会というものなのでしょうね。

2005.11.17 (Thu)

創立記念日のお休みを利用して、学部の学生諸君と鎌倉文学散歩に行きました。前回やってから五、六年ぶりではないでしょうか。前にはなかった湘南新宿ラインができたので、鎌倉方面に行くのは便利になりました。

由比ヶ浜、長谷周辺を歩いて、最後にちょっとだけ砂浜に出て散策。学生たちは三々五々、通過の予定の甘縄神社の階段を駆け上がって見てきたり、途中のお店のコロッケを買いに飛んでいったり、団体行動を乱しつつ（笑）大活躍。こちらは若者のパワーに圧倒されながら、うろうろとついて歩くだけの仕儀と相成りました。

2005. 11. 26 (Sat)

クリスマスツリーの点火祭も終わり、卒論の提出日が近づいた四年生はいよいよ目の色が変わってきました。

それにつけて、以前と様変わりしたなと思うのは、メールでの相談が増えてきていることです。ずっと帰省していたり、やむを得ない場合もあるから、このごろではこちらも年度の初めに予めアドレスを教えておき、メールでもいいから進行状況を報告するようにと言ってあるのですが、やはり細かい指導はメールでは無理なので、できるだけ顔を出すようにしなさいと繰り返し注意しています。

それでも、この時期になってもまだメールでしかやりとりがなかったりすると、提出後に重大なミスがあることが分かったらどうするつもりだろうと、こちらが不安になります。

また学生の中には、草稿をどさっと添付ファイルで送ってきて、「何か問題があったら連絡を下さい」というような人もいなくはありません。

昔と違って便利になった反面、教員と学生との関係が希薄になっている面があるような気がします。

もちろん、以前と同様、毎日のように相談に来て、ああでもないこうでもないと議論しあいながら楽しんで卒論を書いている学生も大勢いるのですが。

2005. 12. 24 (Sat)

Eさんへ。

就職活動中に、「大学でどのようなことを学んでいるか」と尋ねられ、「竹取の翁が……」というようなことを言って周囲の人から大笑いされたそうですね。その話を聞いて心を痛めています。

世間には文学部に対する偏見があるし、緊張しているところへ意外な話題が出てきたのでつい噴き出してしまったというようなこともあるのでしょうが、プレゼンのし方にも問題があったのかもしれませんね。

僕たちは、今年度の演習では『竹取物語』を読んでいるわけですが、物語を読むということは、具体的な場面や状況に即して、人間の心がどのように動くものなのか、どのような行動をとるものなのか、またその時代の作者が人間をどのようなものとして描こうとしていたのか、をことばによって分析し、論理的にとらえる練習をしているということだと思うのです。

また、演習の授業では、自分が分析し得たことを、明晰で論理的なことばで他の受講者に伝える修練も行っているはずです。

人間はことばによってものを考え、ことばによって状況を把握する生き物ですから、心と行動がことばとどのように関係してくるのかを分析的にとらえる修練を行うということは、将来どのような職業に就くにしても有益な勉強になっているはずだと思います。

自分は大学でそのような大事な勉強をしているのであって、フィクションと戯れているだけではないのだということを、堂々と主張すればいいのだと思います。そのためには、まず自分が何を勉強しているのかをきちんと自覚することが大切なのでしょうね。自分が学びつつあることを自信を持って主張して、就活中の皆さんが希望の職種に内定することを願っています。

2006. 1. 18 (Wed)

日本文学科主催公開国際シンポジウム「源氏物語と和歌世界」が無事終了しました。

当日はお手伝いの学生諸君もがんばってくれて、来聴のかたにも好評だったようです。僕は裏方と表方とをかねるような形だったので、とてもくたびれましたが、特に大きなトラブルもなく終わったのでほっとしました。

唯一事故らしいことといえば、討論の途中で二度ほどマイクが外部の放送を拾ってしまい、変な音声が流れたことぐらいでしょうか。学科主任のY先生によると、「国際シンポジウムを妨害しようとする勢力の陰謀」なんだそうですが、国際シンポジウムを妨害しようとする勢力って何なんですかね（笑）。

2006.1.21 (Sat)

半月ほどの間に卒論を十八人分読まなくてはならず、毎日空いている時間はすべてそれに費やしています。それから三人分の修論も。ＡＮＤ、締め切りを過ぎている原稿が一本、月末締め切りの原稿が一本。

そんな状態なのにもかかわらず、昨日は昼食を食べながら出版社の人と打ち合わせをした後（午前中は真面目に卒論を読んでいました）、午後からゼミの打ち上げで学生諸君とナンジャタウンに行き、夕方からは焼肉パーティー。

大丈夫か？　おれ。

2006.1.24 (Tue)

今年で青学に着任してからちょうど二十年になります。学部の学生に「私、いま二十歳です。やーい！」などと言われてくさっていたところ、中古の院生諸君が「お祝いの会をやりましょう！」と言い出しました。それも、過去のゼミ生すべてに連絡をして、ゼミの同窓会のようにするんだと。

二十年分というと大変な数になるし、初期の頃の学生は、学科でももう住所がつかめなくなっている人が多いし、「そんなこと、できるんかいな？」と危ぶんでいたのですが、「有能」な院生がたくさんいて、あれよあれよという間に実現しそうな気配になってきました。

近々ご案内が行くと思いますので、ご都合がつく方はお誘い合わせの上いらしていただけると嬉しいです。

M1・AN

◇ 2006.2.11 (Sat)

すっかり更新が滞ってしまっていた研究室だよりですが、話題がないとかそういうことではありません。実はこのホームページの管理人のような存在だったO先輩が管理人引退宣言をされまして、以後の研究室だよりの更新はM1の私たちでやっていくようにとのお達しがありました。後に残される私たちは揃ってパソコンに疎いので、「そんなこと出来る訳がありません！」と散々駄々をこねていた訳です。何とか頑張ってみたのですが、何故か更新がうまくいかず、結局先生におすがりすることにしてしまいました。研究室だよりを楽しみにしてくださっていた方々、本当に申し訳ありませんでした。

あまりに間があいてしまって何から書けばいいのか迷うのですが、とりあえず一月になってからのまとめのようなものを報告したいと思います。

まずは大きな行事としてシンポジウムがあったことは近況などでみなさんご存じのことと思いますが、なかなかの盛況でした。大きなトラブルは例のマイク以外にはたぶんなかったと思いますが、あの音はかなり気になったようで、来聴の方には「お化けの声かと思いました」と言われてしまいました（笑）。

当日はちょうど修論提出の時期と重なっていたのですが、先輩方はお三方とも無事に提出されました。いよいよ卒業されてしまうのかと思うと、かなり寂しいです。今年の土方研は院生も多かったですし、何より学部生がとんでもなく元気でしたので（笑）。

その元気のいい学部ゼミではずっと『竹取物語』を読んでいたのですが、何と最後まで読み終わりました。一つの作品をゼミで読みきったのは初めての体験です。最後のゼミは『竹取物語』の主題について議論したのですが、まとまってるのかまとまっていないのかよく分からずに終了しました。

さて最後に現在の状況ですが、告知されているように先生の勤続二十周年記念パーティー（ちょっと仰々しいでしょうか）の準備で忙しいです。とはいえ私たちは手足となって動くだけですので、司令塔のS先輩がとても大変そうであります。先輩方、是非是非ご都合がつきましたらいらっしゃってください。と、しつこくここでも宣伝をしておきます。

◇ *2006.2.17 (Fri)*

D1・CS

土方研以外の、もうひとつの私たちの溜まり場、院生研究室（通称「院研」）が、研究する環境として整いつつあります。

ずっと前に日文研の本を移すという話をここに書きましたが、すったもんだした末、無事院研に新しい書棚が入り、日文研の本が納められました。年度末には、中古文学を中心に文献も買い足していただけるとのこと。感謝とともに、頑張って勉強しなきゃと気が引き締まります。

ごく最近の出来事としては、大学の入試が始まっています。学校の正門や学内には警備員の方が増え、ものものしい雰囲気です。

その中で、私たちは在学生の入構制限をかいくぐって、しつこく院生研究室で二十周年記念会の準備をしています。今日は、モバイルバンキングなるものに初挑戦して会費の振り込み状況を確認してみました。

ご入金下さった方々ありがとうございます。出欠確認のお葉書を返送下さった方もありがとうございます。より多くの参加者が集まって、楽しい会に出来たらと幹事一同楽しみにしています。

そういや、昨日総研ビルに入ろうとしたら、警備員に「院生？？」と確認された私。もちろん若く見えるが故の確認だったと自負しております。

◇ *2006.2.28 (Tue)*

M3・MF

二十周年記念会も間近となってきました。

この二十年間に青山学院大学で先生に教わった方々から、ぞくぞくとお返事をいただいていると、入試期間中で人気の少ない研究室がなんだか賑やかになったようです。

現在、四十人近い方から出席のお返事をいただいております。一応締め切りの期日は過ぎましたが、今からでも出席の追加はまだ大丈夫です。是非、ご連絡下さい。欠席される方も、よろしければ葉書にメッセージを刻んでお送りいただければ幸いです。多くの方のお声が先生の励ましになっているようですね。

最近の出来事といえば、二月二十三日に、修士論文の口頭試問がありました。この研究室からは私を含め、三人が旅立っていきます。

はじまる前に先生から、「まぁ、サンドバック状態ですから。」といわれ、恐怖し……。私は、確かに打ちのめされて参りました。三十分間、全教授の目線に耐え、質問に苦闘しました。とにかく、後は卒業できると信じるばかりです。

ここに書くのもきっと最後となりますが、これからはOGとしてこのHPを楽しみたいと思います。

2006.3.7 (Tue)

忙しかった数ヶ月を無事に乗り切り、久しぶりにライヴに行きたくなって、ハンク・ジョーンズのピアノ・トリオを聴いてきました。

オープニング、デューク・エリントンの『A列車で行こう』に始まり、こてこてのスタンダードばかりを並べた選曲なのですが、ゆったりとした大人の風格です。

若い時には伝説のサックス奏者チャーリー・パーカーと部屋をシェアし、一九六〇年だか六一年だかの、J・F・ケネディ大統領の誕生日セレモニーで、マリリン・モンローが妖艶なハスキー・ヴォイスで「ハッピイ・バースデイ、ミスター・プレジデント」とうたった時、バックでピアノを弾いていたという(CDのライナーに書いてあった、「あのときのギャラ、まだもらってないんだよね」というハンクの台詞には笑った)ハンク・ジョーンズは、まさにモダン・ジャズの歴史の生き証人なのですが、聴衆の拍手にうれしそうに会釈し、曲のエンディングが決まった時などには小さくガッツ・ポーズをするハンクを見ていると、歴史上の人物という感じはせず、現役ばりばりのミュージシャン以外の何者でもありません。彼の周りを流れる空気は、まるで青年のようにさわやかで若々しい!

ハンク・ジョーンズ、八十七歳。僕もあんなふうに年をとりたいなあ。
＊追記　ハンク・ジョーンズは二〇一〇年、九十一歳で死去した。

2006.3.19 (Sun)

昨日、二十周年の会がにぎやかに終了しました。四十人もの方がおいで下さって感激しました。遠いところでは鹿児島や熊本と、文字通り全国から駆けつけて下さり、申し訳ない気持ちでいっぱいです。小さなお子様と一緒に来て下さった方、雨もぱらつき外出は大変だったと思います。皆様本当にありがとうございました。

おしゃべりしているうちに、それぞれ学生時代の表情がよみがえり、時間が逆戻りしたような感覚でした。同級生の久しぶりの再会や、学年が違って初対面なのに何となく話が弾んでいたりと、端で見ていても素敵な雰囲気の会でした。

場所を変えての二次会は、結局二十三時過ぎまで続き、花束をたくさんいただいて「持って帰れない」と駄々をこねたら、お店の前まで送迎車が迎えに来るというＶＩＰ並みの待遇となり、先生のお帰りを一列に並んでお見送りという、爆笑ものの結末となりました

2006.3.26 (Sun)

昨日は卒業式、幸いお天気にも恵まれて、大勢の卒業生が巣立っていきました。希望を抱いて新しい生活へと旅だってゆく若者の姿を見ていると、幸多かれと願わずにはいられません。

我がゼミからも、学部、大学院とそれぞれ課程を修了した方々が巣立っていきました。わさわさしていて、お一人ずつとゆっくり別れを惜しんでいる暇がなかったけれど、それでいいような気もします。そのほうが、今度会った時に「あ、こんにちは」みたいな、いつも通りの挨拶ができそうですよね。

卒業式の日は毎年、充分な指導ができなかったことを悔やむ気持ちが湧いてくるのですが、今年はゼミ同窓会が立ち上がったためか、「これからも交流が続くんだからいいか」というような、幾分楽な気分です。教習所みたいなところなら、課程が終わればそれでおしまいだけど、大学で出会った友だちとの関係は、卒業しても終わりではない。目に見えない大切なものを学びたい、一緒にいることが楽しい、という気持ちで結びついている仲間のつきあいは、

ずっと続いていくものなのでしょう。
二十期めのゼミ生、ですよね。

◇ *2006.4.11 (Tue)* □D2になってしまったCS新年度になって、構内もにぎやかになりました。桜の少ない青山キャンパスですが、すっかり春らしくなったような気がします。

今年度は土方先生がサバチカルのため、ゼミ生が募集されませんでした。なので、院生の数は、先月立派に「退院」していった三人が抜け、Oさん・Nさんと私の三人になりました。なんだか寂しくなりますが、研究室も広く使えるし（笑）勉強やお茶会を頑張りたいと思っています。

そんなこんなで、先日土方研究室の大掃除をしました。先生の指揮の下、上記の院生と通りがかりの学部生を巻き込み、そして当然のように三月に前期修了したはずのFさんが来ていて、「君、ほんとに修了したの？」なんて先生につっこまれていました。

2006.4.16 (Sun)

今年度はサバチカル（特別研究期間）で、一年間授業の準備から解放されます。

これを機に、もう何年も時間があれば行きたいと思っていたスポーツ・クラブにとうとうデビューしました。インストラクターに教えてもらいつつ、はじめてのトレーニング・マシンに乗っかると、遊園地の遊具みたいでなかなか楽しく、それなりに満足。

いきなり無理をすると続かないので、一時間ちょっと軽く体を動かすというぐらいを目標に、しばらく通ってみようと思っています。

2006.4.29 (Sat)

大型連休、近くの芦花公園まで散策に行きました。田園生活に憧れた徳富蘆花が、明治の末に買い取った家と土地を、その後東京都が買い上げてきれいな公園になっています。

蘆花の旧宅は中に上がれるようになっていて、今回改めてゆっくり見て回りました。平日の昼間だったせいか、誰もいなくて、落ち着いて拝見できたのですが、今度気づいたのは、いかにも寒そうな家だということ。

わらぶき屋根の百姓家を幾棟か継ぎ足したような構造で、部屋数は多いのですが、古い木造家屋で、建てつけもよくなく、回りには人家もあまりなかっただろうから、『みみずのたはごと』だったかに、「武蔵野の寒気が四方から攻め寄せてくるような気がする」というようなことを書いていたのが、いかにも実感だっただろうと想像されました。

廊下にはおびただしい数の火鉢が並べてありました。風呂は五右衛門風呂で、冷たいたたきの上に釜がどんと置いてあるだけ。それで板戸一枚の向こうはもう戸外なんだから、冬場の入浴は命がけだったんじゃないかと思うと、おかしいやら気の毒やら。

「美的百姓」をやりたいと思った蘆花さん自身は本望だったかもしれないけれど、家族は大変だっただろうなあと、同情を禁じ得ませんでした。

それにしても、蘆花だけでなく、一部の特権階級を除けば、多くの日本人はつい最近まで簡素な木造の寒い家に住んでいたんですよね。暑いにつけ寒いにつけ、すぐ我慢できなくなってエアコンをつける現代の僕たちの生活ぶりを、ちょっと反省させられました。

2006.5.25 (Thu)

四年生と「天徳四年内裏歌合」の読書会を始めました。

発端は、百人一首でも有名な平兼盛と壬生忠見の歌争いについてどう思うかという雑談だったのですが、それぞれの歌風、歌合のような場ではどんな歌が評価されるのか、判定そのものの当否、判者の人柄、というように話が広がりつつあり、なかなかに面白いです。

歌合はゲームであり、イヴェントであり、社交の場でもあるわけで、かつ歌を詠出する歌人たちにとっては、歌人としての評価に関わる真剣勝負の場でもあるのでしょう。いわゆる「文学作品」とはちょっと違いますが、丁寧に見ていくことで「貴族社会における和歌の本質」が見えてくるかもしれません。

サバチカルにもかかわらず、学生諸君につきあってもらって、楽しく勉強しています。

2006.6.10 (Sat)

「武満徹 Visions in Time」展を見てきました（於東京オペラシティ）。

作曲家武満徹の没後十年を記念しての回顧展ですが、彼が書いた楽譜の譜面づらがとても美しいのに感銘を受けました。有名な『ノヴェンバー・ステップス』などは、オーケストラ伴奏の、琵琶と尺八の二重協奏曲のような作品なので、雅楽器のパートには独特の演奏法の指示が細かく書き込まれているのですが、全体としてみた時、大型の五線譜そのものが繊細な美術作品のような美しさを持っています。

それを見ながら、似たようなものをどこかで見たことがあると思ったのですが、詩人の立原道造が書いた設計図にイメージがよく似ているのだと気づきました。

立原は建築学科を卒業して設計事務所に勤めていたので、れっきとした設計のプロなのですが、彼が書いた設計図はまるで繊細なペン画のように美しいのです。

楽譜も設計図も、本来はそれ自体が作品というわけではなく、作品を生み出すための図面であり、実用的なもののはずですが、才能のある人が書いた図面は、それ自体として美しいものなのだということを知りました。正確なだけではなく、心を込めて書かれた美しいものであるほうが、それを受け取って作品を作る（音楽なら演奏者ですね）人にとっても豊かなイメージがわいてくるということを、彼らは本能的に知っているのでしょう。

芸術でも、「ものを作る」という部分においては職人芸に属する部分があり、勝れた芸術家というのはおおむね勝れた職人でもあるのですね。

M2・MO

◇2006.6.23 (Fri)

土方研で定期的に開かれている四年生の読書会ですが、「天徳四年内裏歌合」から派生したのか州浜作りをしているそうです。もしかして、あのでっかい州浜を再現するのでしょうか。先生は「どうせ作るならお菓子の州浜にしようよ」なんておっしゃっていましたが。

　四年生たちは、ただいま就職活動のまっただなか。いろいろ悩みも多いようで、土方研は一部の四年生の避難所になっています。お菓子を食べて、悩みを話すと少し落ち着いてまたがんばろうという気になるみたいです。もしよければ、諸先輩方かわいい後輩のために良きアドバイスをお願いします。

2006.6.24 (Sat)

高島野十郎展を見てきました。（於・三鷹市民ギャラリー）
高島は画壇と接触を持たず、ほとんど無名のまま一九七五年に八十五歳で亡くなった画家ですが、近年急速に評価が高まっています。
　その澄明な精神性は、およそ似たもののない独特のものです。静物もすばらしいのですが、なんといっても凄みがあるのは、晩年の蝋燭の炎と、月を描いた連作です。
　揺らぎながら燃える炎、空に輝く満月、そうした光り輝く対象を、飽きずに繰り返し描き続けているのです。徹底的な具象なのだけれど、対象が光や炎といったはっきりした形のないものだけに、具象を徹底させることでいつか抽象的な何かを描いているような境地に達してしまう。そこでは、描くことはどことなく宗教的な行為に近づいているような気配があります。そこに描かれている炎や月をじっと見つめていると、心の中がしーんと静まりかえってくるような気がします。

2006.7.10 (Mon)

二泊三日で、学生諸君と京都へ行って来ました。何度目のゼミ旅行でしょうか。

　今回は、どこを回るかとかどこで食事をするかとか、学生諸君が全部調べてスケジュールを組んでくれたので、僕はただついて歩くだけの楽ちん旅行でした。

　もっとも、そのため若者仕様の超ハードスケジュールとなり、実はついて歩くのがやっと。最後のほうでは足が棒のようになって、暇を見ては座り込んで足を揉むというかっこわるい姿となりはてました。こんなに歩いたゼミ旅行は、おそらく空前絶後でありましょう（笑）。

でも、みんなが元気いっぱいで、楽しそうに旅程をこなしているのにくっついて歩いていて、とっても楽しかったです。

2006.9.5 (Tue)

大学で日本文学科主催のシンポジウム「海を渡る文学」が開かれました。上代・中古と続いた公開シンポの三回目で、中世担当の回ということです。古典時代の文学は、日本の中で考えているだけでは駄目で、韓国・中国などを視野に入れた、東アジア全体の交流の中でとらえる必要があるという方向の、充実したシンポでした。

当日、一般の来聴者の中に、父子かと思われる二人連れの姿がありました。父親と思われる方は、見たところもう七十代後半ぐらいの小柄な痩躯の老人で、息子かと思われる方は三十代か四十代で、父親より遥かに大柄なのですが、父親の後ろにくっつくようにして歩いていました。

報告が続く間、老人は資料に目を落としつつ静かに聞き入り、息子さんのほうはときどき居眠りしたりしながら、ずっと静かに我慢しているという様子でした。

そのようにしていつも二人で外出している、そういう習慣を持っているお二人らしいということが、資料を一部しかお持ちにならなかったので急いでもう一部お渡ししようとした院生に対して、「資料は一部でけっこうです」ときっぱりおっしゃった様子から何となく感じ取れました。

こうした方が少しでも多くのことを学びたいと思ってわざわざ大学に足を運んで下さっていることに、深い感動を覚えました。

それにひきかえ、ということばに棘がありますが、フロアに日文の学生の姿がほとんど見えなかったのは淋しいことでした。自分の大学でこのようなめったに聴けないような貴重な企画が行われているのに聴きにこないというのは、本当にもったいないというか、知的向上心が欠如しているといわれても仕方がないのではないでしょうか。

社会に出て時間が経てば経つほど、新たに何かを学ぼうとすると大変な時間と労力、気力が必要になります。大変な知的財産が当たり前のように身近にある学生時代に、それをどん欲に享受しておかないと、本当にもったいないことをしたとあとから後悔することになると思うんですが。

2006.9.18 (Mon)

アレクサンドル・ソクーロフ監督の『太陽』という映画を見てきました。

戦争中、天皇ヒロヒトが米軍の空襲により国土が荒廃してゆくことに苦しみ、敗戦後は人間宣言をして神格を捨てる、という大枠だけ事実に基づいていて、細部はほとんどフィクションと言っていいと思いますが、虚構を通して「天皇」という存在の中のある種の真実に迫っていると感じました。即ち、「天皇」とは人民の苦しみを我がものとして苦しむ存在でありながら、孤独にさいなまれる一人の人間でもある、ということ。

地下の防空壕の中にいわば幽閉されつつ、「皇后と子供達の他は、たれも私を愛してはくれない」とつぶやく台詞は印象的です。

この映画はロシア・フランス・イタリア・スイスの合作だそうですが、ややヒロヒトに同情的であり、アメリカ占領軍を粗野な軍隊として描こうとしているという印象もありました。これらの国の人々には、日本の天皇はどういう存在として映っているのでしょうか。皇室に男の子が生まれると、まるで自分の家族に慶事があったかのように喜ぶ特異な国民性についても、私たちはグローバルな視点から捉える目を持っていた方がいいような気がします。

2006.10.8 (Sun)

名古屋の中京大学で開かれた学会へ行ってきました。

中古文学会というこの学会は、意外に若く、今年でまだ創設四十周年だそうです。それを記念して、大会の冒頭、我が恩師の秋山虔先生が「中古文学研究の今昔」と題する記念講演をなさいました。

ご高齢のためもあって、やや原稿を読むのに苦労しておられる感じでしたが、お話の内容は、大学紛争以降の大学の大衆化と、それに伴う論文の大量生産、情報の氾濫する中での学問の没個性化に警鐘を鳴らしつつ、学問の世界が現実から遊離することを誡め、最後には文学部の退潮の中で悪戦苦闘している我々に対して、文学の価値を信じて孤塁を守れと督励する、まさに火を噴くようなことばでした。

僕はこの講演を聴きながら、自ずから背筋が伸びるような緊張と感動を覚えていました。

秋山先生は、学部と大学院を通じての七年間、僕の指導教官でしたが、思えばいつもこのような挑発する教師として学生の前に立っておられました。

学問研究というものは、一人でできるものではありません。先人から多くのことを学び、それを後の世代に伝えていくことで、知の営みが蓄積されていくのです。

僕は秋山先生とは較べものにならないほど力の乏しい教師ですが、多くの先人から受け取った大切なバトンを、いま目の前にいる学生諸君に受け渡す努力をこれからも続けていきたいという気持ちを新たにしたことでした。

2006.10.21 (Sat)

水曜日に大学へ行ったら、「今日卒業アルバムのゼミ写真を撮ります」とのこと。聞いてなかったので（笑）、日曜日のお父さんみたいな格好のままともかく撮影終了。

問題はそのあとで、研究室に帰ってから何が起こったかは、ちょっと差し障りがあってここには書けませんが、まあいろいろと大変でした。四年生諸君、証拠は隠滅したつもりだろうが、昨日の時点ではまだはっきり臭気が残っていましたぞ。

M2・AN

◇*2006.10.23 (Mon)*

九月末から後期の授業が始まりました。私たち院生はといえば、何故か急に発表ラッシュです。去年はかなりの大派閥だったのに、先輩たちが修了されてしまってあっという間に弱小勢力になってしまいましたので当然といえば当然かもしれません。留学生として前期にいらっしゃっていた○さんもお帰りになってしまいましたし、栄枯盛衰の儚さを感じます。

卒論、修論の締め切りも迫ってきました。学部生の皆さんは定期的に土方研に集まって中間報告をしているようです。しかし元々あまり広くはない研究室なので、人口密度がすごいことになるようですが。

集いがあった次の日に研究室を訪れると、雑然とした研究室の机が綺麗に片づいていたりして毎回ちょっぴり感動しています。でもお菓子もさりげなく増えてます（笑）。もはや、誰が何を持ってきたのか全く把握できていません。

2006.10.29 (Sun)

高等学校での必修科目未履修問題が大事件となっています。

もちろん生徒たちは被害者だし、現場の教員にも責任はありません。大学の受験科目が選択制であるにもかかわらず、学習指導要領で世界史が必修に定められていることが、このような問題を惹き起こした最も重大な原因です。

高校での教育の根幹が受験指導にあるわけではないにしても、受験指導を抜きにして指導方針も時間割も立たないことは常識です。バランスのとれた教養教育は必要ですが、大学側にすれば、進学する学部学科ごとの専門性に応じて、履修してきてほしい科目に違いが生じるのも当然です。たとえば、日本文学科だったら、当然世界史よりも日本史の学習が優先されるはずです。進学のことを考えたら、自分が進みたい方向に応じて、公民の科目のなかでの選択の自由が認められていなければなりません。

そのような実情を無視して、一九九四年から世界史のみを必修とし、二〇〇二年から完全週五日制を導入した文科省の判断ミスこそが、このような重大な事態を惹き起こした原因です。

いつも繰り返し述べているように、官が教育を主導するという発想を捨てないと、教育現場の対応は柔軟性を欠いたものにならざるを得ません。学習指導要領に当たるものは、何らかの形でなければならないにしても、極めて緩やかなものであるべきで、現場を縛るようなものであってはならないと思います。

2006.12.13 (Wed)

今日と明日は、今年度の卒論の締め切り日です。卒論の締め切り日というと、毎年切羽詰まった緊迫した光景が繰り広げられていたものですが、ここ数年、日文研周辺でもあまりそういう景色を見なくなったような気がします。学生諸君の段取りが良くなったのならいいのですが、卒論そのものに対する学生の熱意が薄れてきているような感じもあって、ちょっと気になっています。「出せば落とされることはなさそうだから、適当に書いて卒業できればそれでいいや」というような風潮が広まっているとすれば、寂しいことです。

今年は僕はサバチカルなので、四年生と雑談するなかでときどき卒論のことが話題に出るという程度で、基本的にノータッチだったのですが、今日研究室へ行ったらいきなり「修羅場の白うさぎ」状態。ない知恵を絞って、一緒に急場の善後策を考える羽目になりました。

M2・AN

◇ 2006.12.25 (Mon)

あっという間にクリスマスですね。例年通り点火祭も行われ、町中もイルミネーションが綺麗ですっかりそれらしいムードになっています。

しかしそんな世間一般のクリスマスムードとは裏腹に、今月の土方研はお勉強モード一色でした。まず十二月の初めには、国語の教材研究会が行われました。定期的に行っているこの会ですが、実際に教師として現場で活躍していらっしゃる先輩方の偉大さを改めて実感しました。ケツメイシの「さくら」と伊勢物語の四段をリンクさせるような授業など、様々な工夫をされているようです。参加してくださった先輩方、本当にありがとうございました。

そして卒論の提出間際は本当に大変だったようで、提出一週間ほど前にも土方研で文献をたくさん積み上げて頑張っていた後輩もいました。毎年伝説が増えていっているような気がします。この時期の自分たちのことを思い出そうとしてみるのですが、院生組はみんな口を揃えて「記憶がない」と言います（笑）

2007.1.27 (Sat)

院生や院の修了生と、修論の打ち上げを兼ねて会食をしました。

みんな教壇に立っている人なので、学校の話題で盛り上がったのですが、最近の子供たちはおかしい、という話が印象に残りました。先生の話を聞いていない、憶えていない、右から左へ書き写すという単純な作業ができない。できても時間がかかる、ノートと教科書のどちらか一つしか意識できない、席をつめて座れない、等々。

そうした普通にできるはずのことができない子供たちが多くなっていることは事実のようです。

注意力とか生活態度とかの問題ももちろんあるでしょうが、直感的に思ったのは、これはそうしたこと以前の、一種の身体感覚の未発達に由来するものなのではないかということでした。聞く、見る、手を動かす、記憶する、等といった諸機能がうまくつながって機能しない、そういう様々な感覚や機能が有機的に統合できていない子供が増えているということを意味するのではないかという気がするのです。

最近の子供は、転んだときにとっさに手をついて身を守ることができないので、顔面を打ったりする例が多くなっているということも耳にしますが、そういうこととも関係のある、身体的な未発達に近い現象なのではないでしょうか。

子供たちにそういう変化が起こっているということは、教育に携わっている人々の多くが感じているようですが、データとしてはなかなか出てきにくく、必ずしも実証はされていないのかもしれないし、ましてや原因を突き止めることは容易ではないでしょう。ただ、曲がりなりに長年教育に携わってきて、自分の子供も育ててきた経験を持つものとして、やはり直感的に思うのは、少子化時代の子供たちが、小さいときから大人の中で育ってきて、子供同士で遊ぶという経験をあまりしていない、特に子供の集団の中で過ごす体験を持っていないということと関わりがあるのではないかということです。学ぶということの中には、知識を身につけることとも、しつけを受けることとも違う、身体的なものと結びついた訓練という部分があり、今の家庭や学校での教育にはその部分が抜け落ちているような気がします。

2007.3.16 (Fri)

卒業生のKさんのライヴに行ってきました。

クラシック・ギターの演奏家なので、コンサートと言うべきかもしれませんが、レストランでの飾らないステージなので、ライヴでもいいのかな?

ギタリストお二人のステージなのですが、個性が違って、Kさんのほうはふっくらとした情感のあふれる演奏でした。

僕の近くにはお勤め帰りのサラリーマンみたいに見える男性もいましたが、ビールを飲みながら、目を閉じて心地よさそうに音楽に身を任せていました。仕事に疲れた夕方、ちょっと食事がてら立ち寄って気軽に音楽に浸ることができるというのは、すてきなことですよね。

2007.3.25 (Sun)

昨日は二〇〇六年度の卒業式。四年間一緒に勉強したり遊んだりした学生諸君が元気に巣立っていきました。

毎年思うのですが、そしてこのブログにも書いているのですが、卒業式、謝恩会の日は毎年気分が沈みがちになります。もっとたくさん話したいことがあった、もっと上手にいろいろなことを伝えるべきだったと反省モードに入ってしまうからです。でも、みんなの明るい笑顔に接すると、いくぶん救われるような気持ちになります。これでおつきあいが終わりになるわけではないんだから、まあいいか、と気持ちを立て直すことができるのも、若さの持っている輝きにこちらが励まされるからでしょう。

それにしても、キャンパスを歩いていて、遠くに後ろ姿を見かけると、「あ、誰々さんかな?」なんて、何年も前に卒業していった人の顔を思い浮かべたりしてしまうのだから、教師って不思議な職業です。自分では意識していないのに、ずっと前にいなくなった学生の残像をいつまでも追いかけていたりするんですよね。

◇ *2007.4.5 (Thu)*

一年間のサバチカルも終わり、昨日は入学式。式のあと恒例の、学科としての新一年生との対面式です。二〇〇七年度入学生、一六〇数名（やや多い）。この間まで高校の制服を着ていたのが、大学生になり、男の子も女の子もスーツに身を包んで緊張して座っているのを見ると、可愛いなあと思います。

2007.4.14 (Sat)

授業と会議のある最初の一週間が終わりました。大学は一年前と何も変わっておらず、このたいへんな時代にこんなに変わらなくていいのかしらと思うぐらい、元のままです。

唯一大きな変化といえるのは、この四月から助教授という職格が廃止され、准教授となったことでしょうか。これは学校教育法の改正によるものなので、青学だけでなく全国の大学で一斉にそう変わったのですが、問題なのは、その下に助教という職格が設けられ、若い教員が就いていた専任講師という職格がなくなったことです。

前者はまあ単に呼び方の違いだけとも言えるのですが、後者はなかなか重大な問題を含んでいます。いずれにせよ、大学の教員や研究者を目指す人にとってますます厳しい時代になってきました。

◇ *2007.4.19 (Thu)*

D3ですって！！　と自分につっこむCS

昨年度、このコーナーの執筆者だったOさんは、修士論文を書き上げ、立派に巣立って行きました。にぎやかに研究室を盛り上げていた四年生も無事に卒業し、土方研究室には、たくさんのお菓子が置き土産となって積まれています。

それぞれ新社会人として一ヶ月たつ頃ですね。ちょうど疲れも出てくるころでしょうか。体に気をつけて頑張って欲しいです。

そして、二〇〇七年度が始まりました。

土方先生はリニューアル（！）なさり、あいかわらずの私SとNさん、さらに、中古専攻の新入生がやってきました。

先日卒業した新OBの方も、先輩OBの方も、お時間のあるときはぜひぜひ書き込みなさって下さいね。大学は、やはりある意味で社会から隔絶された世界なので、新鮮な時代の空気を教えて下さい。（笑）

2007.4.26 (Thu)

選挙が終わりました。

高知県の東洋町は、地方の小さな町にもかかわらず、今回の選挙では注目されていた地域です。前町長が核廃棄物再処理場の建設を受け入れる代わりに、見返りの交付金で町おこしをしようとし、強い反対にあって、辞職して再出馬し信を問おうとした、その前町長と反対派の候補との一騎打ちになったからです。

結果はご存じのように、反対派の候補が勝ち、再処理場受け入れの方針は撤回されることになりました。

その選挙の報道の中に、とても印象に残る話がありました。

東洋町は近海漁業の町で、多くの男たちがマグロ漁船に乗っているそうです。その漁に出ているマグロ漁船が、選挙の前に次々に帰ってきたのだそうです。「村（と彼らは言っていました）の将来を決める大事な選挙だから、投票しなければと思って帰ってきました」と、マグロ漁の男たちは話していました。

どちらを支持するにしても、村の将来を決める大事な町長選挙に、投票場へ足を運んで自分の意思を表明するために、彼らは漁を途中で打ち切り、海の向こうから一日かけて帰ってきて、一票を投じたのです。

一人一人が真剣に考えて投票し、自治体のリーダーや議員を選び、その選ばれた人々によって議会が運営されていく、それが議会制民主主義の大原則です。たった一票でしかないから、自分が投票してもしなくても大勢には影響がないと思って、選挙を棄権して遊びに行ってしまうのは、やはり恥ずかしいことだし、その一票の重みを真剣に考えている人々に対しても失礼なことです。

ゼミOBの皆様には、これからもぜひ選挙の際には真剣に考えて一票を投じることで、自分の意思を表し続けてほしいと思うのであります。

2007.5.27 (Sun)

学生諸君と、本郷根津界隈の文学散歩に行ってきました。本郷三丁目の駅から歩き始めて、千駄木の観潮楼（森鷗外旧宅）まで歩くコースです。

本郷三丁目の駅からいつになく人が多いので、？と思いつつ歩き始めたところ、東大の五月祭の当日なのでした。人が多いはずです。

人混みでわさわさしている東大の構内を抜けて、これもいつになく混み合っている学食でお昼を食べ、無事に予定のコースを完走しました。

鷗外記念館は、以前は区立図書館のなかに併設されている形だったのですが、今度行ってみたら図書館としては閉館になっていて、鷗外記念館だけの独立した施設になっていて、司書だか学芸員だかとおぼしき方が訪れたグループに説明をしていました。

◇ *2007.5.30 (Wed)*

D3・CS

麻疹が大流行して、他大学は軒並み休校していいます。青学は、五月二十九日現在でまだ生き残っています。古来、青学は流行に敏感な大学として有名ですが（?）、こういった流行には乗らない学生が多いみたいです。一説には、他大学と交流していないからだ、とも……。（笑）

麻疹が理由ではないですが、昨日は土方先生の院ゼミが休講になりました。やむを得ない事情で二人が欠席したため参加者が少なく、「渾身のレジュメを作ってきたのにつまらない」と先生がのたもうたのです。ここらへんが、「リニューアル土方先生」たる所以でしょうか。

2007.6.16 (Sat)

数日前の新聞で読んだ記事。

カナダで捕獲されたホッキョククジラの体内から、十九世紀のものと見られるモリが発見された。ホッキョククジラの生態はよくわかっていないが、これによると従来考えられていたよりも寿命が長く、一三〇年ぐらいは生きるのではないかと考えられる。二〇〇年ぐらい生きるという説もある、と。

大きな身体を持ったホッキョククジラが、広い、暗い海の中を、百年も二百年も悠然と泳ぎ回り、餌を食べ、ときには生殖をし、たった一人で生きて死んでいく。そのような一生を送る生き物もいるのだと思うと、些末なことにとらわれて苛立ったりしているのがばかばかしく思えてきます。

海の中にいるホッキョククジラを訪ねていって、「やあ、気分はどうですか?」なんて話をしてみたいものです。

◇ *2007.6.18 (Mon)*

M3・AN

六月に入って梅雨入りしましたが、雨はそう降らず、ひたすら暑い日々が続いています。そんな鬱陶しい季節が到来したにも関わらず、先日の土曜日に土方研では国語研究会が行われ、とても賑やかでした。いえ、まあ季節と研究室との関連性は全くないのですが（笑）。

先生を含めて九人参加というのは、私がこの会に参加してから一番多いのではないかと思います。今回はSさんが発表をしてくださいました。小論文指導についての発表で、書き出せない生徒たちをどのように指導すればよいかという内容でした。教職にある先輩方も色々と工夫しながら指導しているようで、今の子供たちは昔よりも書けないし、書き方を細かく指示してあげないと板書も上手く書きとれないのだそうです。

過保護に育てられすぎて自分で考えて実行する能力が落ちてきているのではないか、と現場を知らない私なんかはこっそりと思ったりもしました。

2007.6.21 (Thu)

卒業生の方々と続けている研究会が開かれました。今回のテーマは、文章を書き出せない生徒たちをどう指導するか、です。

書き出せないということには、書きたいことが何も思い浮かばないというのと、書きたいことがあってもどう書いたらいいのかわからないというのと、二通りあるようですが、いずれにしても、日本文学科に進学してきたような人たちは、原稿用紙を前に固まっているというような心理状態をあまり経験したことがないはずなので、書き出せないということがよく理解できず、書き出せない理由を探ろうと四苦八苦しているのでしょう。

皆さんの実践や指導方法を聞いていて感じたことは、文章を書くということも一つの身体性を伴った技術だから、跳び箱が跳べない子供に助走の仕方や手をつく位置から指導する必要があるように、逆上がりができない子供に補助器具を使って身体を持ち上げる感覚やタイミングから教えるように、第一歩から少しずつ導いていって、だんだん高度なところへと誘導していくような、根気強い指導が必要なのだろうなということでした。

ハードルを低くしたつもりで、いきなり「何でもいいから、思いついたことをことばにしてごらん」などといっても、「書けない」子供はたぶん一歩も前に進めないのでしょう。

こういうことは、大学生の指導にも参考になることです。

今の子供はすべからくこんな調子で、手取り足取り指導してもらうことに慣れているため、大学生になったからといっていきなり突き放されてもどうしていいかわからないかもしれない。今の子供たちは、大学生も含めて全体に幼いので、高校と大学の指導のプログラムを話し合い、問題を共有していくというような工夫も、これからは必要になってくるように思います。

2007.7.4 (Wed)

先週の金曜日、「天徳四年内裏歌合」を再現するという催しがあったので、会場の東洋大学まで見に行ってきました。歌合の披講の様子だけでなく、雅楽の演奏や舞楽「蘭陵王」なども披露され、なかなかがんばった企画だと思いました。

それにしても、懸命にメモを取りながら解説を聞いている聴衆の熱心なこと。

何が対象でも、自分が知らない世界のことを一生懸命学ぶということは、いくつになっても楽しいことなんですよね、きっと。

◇ *2007.7.26 (Thu)*

学年は書かないことにしたCS大学院夏の風物詩、修論中間発表会が行なわれました。今年の発表者は、なんと九人！　私の知る限り過去最多です。

土方ゼミでは、このHPでおなじみのNさんが発表されました。『源氏物語』の容姿美を手がかりに、作中人物の造型や作品の構造を考察するというテーマでした。

どの発表者の時も活発な意見交換がなされ、ときには厳しい批判が飛び、とても充実した会になりました。専攻する時代によって（もちろん個人によっても）研究の方法やスタンスが異なるので、様々な発表を聞くことはとても勉強になります。

話は変わって、昨年までこの「研究室だより」を書いていたOさんが土方研究室に遊びに来てくれました。今年度から、立派に高校教員をなさっているとのこと。地元の松山弁が少し増していて印象的でした。

同じく卒業生のFさんも来て、皆でスイカを食べました。

研究室の中にいると、卒業した人もなんだか在学生のように見えます。我が家のように、往時そのままに寛ぐからでしょうか。やっぱり「ひじけん」は、時が止まっているのかもしれません。もちろん、いい意味で。

2007.9.14 (Fri)

週刊朝日百科というシリーズに原稿を書いたことがあるのですが、今度これを韓国で出版したいというオファーがきているそうで、韓国語への翻訳を許可するかという問い合わせが、朝日新聞社からきました。これはもちろんＯＫ。

追加の問い合わせとして、今後他の国でも出版される可能性があるが、他国語への翻訳を許可するかという質問がついてきました。こちらは、「国によっては許可する」に○をつけました。

2007.9.17 (Mon)

この三月に卒業した諸君に会った機会に、「僕が死んだら、みんな葬式にきてくれる?」という質問をしてみました。このところ、知人の訃報が続いているせいで、僕の中にそう訊いてみたい気分があったのかもしれません。すると、
卒業生「(明るく)もちろんです!　でもそれ、新聞に載るんですか?」
僕「さあ、どうかな……」
卒業生「知らなきゃ行けないよね」
僕「じゃあ、死んだら僕の方から君たち一人一人のところへお別れに行くよ」
我ながら、心のこもったお別れの仕方だと、自分で感動していたら、これが案に相違して不評。
卒業生「来なくていいです」
同「来たら祈祷をして撃退します」
ああ、そうかい。

2007.9.29 (Sat)

江戸東京博物館で開催されている「文豪・夏目漱石展」に行ってきました。初日だったにもかかわらず、かなりの人で賑わっていて、あいかわらずの漱石人気の高さを改めて認識させられました。

今回の展示は、東北大学に所蔵されている漱石の蔵書や原稿が中心です。漱石は仙台とは地縁がなかったのに、なぜ遺品が東北大学に所蔵されているかというと、東京が激しい空襲にさらされるようになった頃、大事な遺品が火災で焼失してしまうことを怖れた遺族が、東北大の図書館長をしていた小宮豊隆に依頼して、一括管理してもらうように計らったのがもとなのだそうです。つまり、疎開していた漱石の遺品が、今頃になって里帰りしてきたわけですね。

これまでにも何度も調査された資料なので、新しい発見はあまりありませんが、膨大な数の洋書類が並んでいるのは壮観でした。

若い頃から多くの書籍を読み、書き込みをし、詳細なメモをとるなどして、漱石は勉強していたので

すね。先人から多くのことを学び、どん欲に知識を吸収し、自分のものにすることを通じて、彼は「漱石」という人格を作っていったのです。決して初めから「文豪」なんかであったわけではなかった。漱石が細かい字でびっしりと書いたノートの実物は、やはり見に来てよかったと思わせられる迫力のあるものでした。

「学ぶこと」の基本は誰にとっても同じで、ただそれをどれだけの集中力でできるか、どれだけ持続することができるかで、「文豪」と、僕みたいな凡庸な人間との違いが生まれるのだなあと、そんなことを考えました。

M3・AN

◇ *2007.10.9 (Tue)*

ようやく後期の授業が始まりました。夏休み中は閑散としていたキャンパスにいきなり人がごった返したので、一瞬「何だ何だ!?」と思ってしまいました。ああ、授業が始まったのねと遅い理解をした頃には恒例のエレベーター待ち。相変わらずイライラしますがなんだか懐かしくも感じたり。

元気に土方ゼミも再開されました。前期に引き続いて引歌のお話です。前半に先生のご報告、後半はみんなで議論という形式なのですが、お昼を食べ損なってしまった先生が遅い昼食をおとりになっている横で議論を展開するという、よく考えてみればかなりシュールな後期初授業でした(笑)。

それにしてもあっという間に十月になりましたね。読書の秋、食欲の秋といろいろありますが、ここはやはり勉学の秋でしょうか。以前に土方先生が『紅の豚』の名言(?)とひっかけて、「飛ばない豚はただの豚、勉強しない院生はただの人」とおっしゃってましたが、「ただの人」にはならないようにしっかりと勉強に励みたいと思います!

2007.11.1 (Thu)

学生諸君が、研究室用にと、カピバラをかたどったティッシュボックス・ケースをプレゼントしてくれました。僕の誕生日祝いということらしいのですが、なかなかかわいくて、僕の部屋の雰囲気に合いそうです（ゴジラもいるけど）。

みんなで話していたら、カピバラを実在しない架空のキャラクターだと信じていた人がいたりして、大笑いしました。

四月にゼミが始まったとき、殆ど初対面みたいな感じで、うち解けるのに時間がかかった三年生とも、だいぶ仲良くなれたようです。

2007.11.3 (Sat)

フェルメールの「牛乳を注ぐ女」を見てきました。正しくは、「フェルメール「牛乳を注ぐ女」とオランダ風俗画展」（於国立新美術館）ですが、日本ではなかなか見られないフェルメールが売りの展示であることは見せ方にも表れていました。

この有名な絵の前に立って、五分ぐらい眺めていたのですが、確かにすばらしい作品です。窓越しの光が当たっている白い壁の明るい美しさ、まるで宗教画のような静謐感、真作がわずか三十数点しか残されていないといわれるこの画家が、世界中で「特別な画家」として愛されているのも当然だと思いました。

見終わって出ようとすると、売店にはポスターだの下敷きだの、様々な「牛乳を注ぐ女」グッズがあふれていました。

面白いのは、かなり高価なものも含めて、どれも本物のフェルメールには似ても似つかない代物だということ。どんなに精巧な複製でも、複製はしょせん複製なのですね。本物をじっくり鑑賞した直後に見るとよけいに、その違いが際立ってしまうのです。

世界中のどこにいても、漱石の小説は読むことができるし、モーツァルトの音楽は聴けるし、スピルバーグの映画も見ることができる。

でも絵画だけは、世界中にただ一点しかないその絵の前に立たないと、フェルメールを鑑賞することはできない。何でも大量生産が可能な複製時代にあって、こうした美術品が持つ価値ははかりしれないものがあります。

◇ *2007.11.22 (Thu)*

Ｍ１・ＥＯ

本格的に寒くなってきました。

十一月中旬といえば卒論佳境期ですね。日文研が十九時まで開いてるようになり、学部生の姿が多くなってきたような気がします。あと一ヶ月くらいでしょうか、テンパらず締め切り数日前に完成してるといいですね。

　私のいた大学（学部）では、締め切り時刻近くになると受付近くに電波時計が出てきて、秒単位で締め切られた上に間に合わなかった人は別室に連行されて「私は間に合わなかったです」と念書を書かされる伝統?らしいです。青学もこんなに厳しいんでしょうか?

◇ *2007.12.29 (Sat)*

　もう何年青学にいるかわからなくなってきたＣＳ

大学はクリスマス前の週末で授業が終わり、冬休みに入っています。購買に年賀状用の葉書を買いに行ったら、年賀状は一枚もなく、かわりにクリスマスカードが山ほど並んでいて驚きました。

「すっかり定着しました！　クリスマスカード！」という売り文句が張ってありましたが、そうなんでしょうか……。

　クリスマスといえば、図書館前のもみの木がクリスマスツリーになっています。今年の点火祭は、天候不順のため青学講堂で行われました。講堂内に設置された点火台に、幼稚園から大学院までの代表者が蝋燭で点火をしました。参加者には、ペンライトが渡され（前は蝋燭だったような気がするんですが、危ないからですかね。）講堂中に輝きました。晴天時に中庭で行われる点火祭も美しいのですが、今年も室内に賛美歌やハレルヤが響き渡り、厳かな雰囲気でした。

　大学の年末年始は、「卒論は終わったけれども修論はこれから追い込み」という、なんとなく区切りの悪い時期ではあります。院ゼミでも忘年会は自粛し、修論提出後の新年会を楽しみにしています。多分、今このときも修論組は執筆中でしょう。あともう少し、頑張ってほしいです。

2007.12.31 (Mon)

今年一年間で、一三〇冊の本を読みました。部分的につまみ読みした研究書や、雑誌類、コピーを取って読んだ論文は含まないので、実際に読んだ活字の分量はこの何倍かになるはずですが、ひとまず通読した本の数が、再読も含めてこの数だということです。二〇〇七年のベスト5は以下の通りになりました（順不同）。

①桂米朝『一芸一談』（ちくま文庫）

②中野晴行『謎のマンガ家・酒井七馬伝』（筑摩書房）

③天満ふさこ『「星座」になった人』（新潮社）

④山口猛『幻のキネマ・満映』（平凡社ライブラリー）

⑤秋草鶴次『十七歳の硫黄島』（中公新書）

次点。多古吉郎『リリー、モーツァルトを弾いてください』（河出書房新社）

①は桂米朝の対談集。②は手塚治虫『新宝島』の原案者の評伝。③は芥川龍之介の次男多加志の評伝。④は満映の興亡の歴史と理事長甘粕正彦の面影を描くドキュメンタリー。⑤はＮＨＫでも放映された、少年兵の目から見た硫黄島戦の回想。次点は、戦時中ジャワで抑留されていた名ピアニスト、リリー・クラウスを中心に、日本軍の南方統治の一面を描く。

2008.1.8 (Tue)

生後六箇月のマンモスの女の子、リューバに会ってきました。昨年の五月に、シベリアの永久凍土の中から発見されたそうです。

マンモスといっても赤ちゃんだから、体長は一二〇センチほど。しっぽの先が少しちぎれ、左右から圧迫されて身体がやや平たくなっているほかは、全身ほぼ完全な姿です。こんなに完全な形でマンモスの全身が発掘されるのは、あまりないことなのだそうです。生物学的にも重要な資料なのは間違いないでしょう。

今回の一般公開に際しては、地球温暖化に対して何かを訴えているというようなもっともらしいメッセージをうたっていますが、結局は見せ物でしかありません。その小さな全身像を目にしたとき、後ろめたい気がしてたまりませんでした。

目に前にいる彼女は、うっすらと目を開き、夢を見ているように見えました。三万七千年前の、彼女が生きていた世界。

リューバ。

君はその目で、どんな世界を見ていたの？

その鼻で、どんな匂いをかいでいたの？

その耳で、どんな音を聴いていたの？

いま、地球はこんな有様になっているんだよ。ぶしつけに君の姿を見つめる大勢の人間の眼差しが痛くはないかい？

感動とも、同情とも、憤りとも違う、得体の知れない感情に動かされて、ちょっとだけ涙が出そうになりました。

2008.1.19 (Sat)

最近、本格ミステリーの古典、ヴァン・ダインの作品を、寝る前に少しずつ読み返しているのですが、何度か読み返していても、やっぱり面白いです。

創元推理文庫の、懐かしい井上勇訳。井上氏（故人）は、戦前からのキャリアのある、ミステリー翻訳の草分け的な人ですが、井上節とでもいうべき独特の文体を持っていた人でした。

でも、本邦初訳を精力的にこなしていたせいか、改めて読み直すと、誤訳ではないかと思われるところも少なからずあります。

原文に当たっていないので、確実なことは言えないのですが、たとえば、名探偵ファイロ・ヴァンスの容貌が、「面長の鋭い刻みこみを持った顔」（『僧正殺人事件』）とあるのは、日本語として不自然で、たぶん「彫りの深い顔」とでも訳すべきところでしょう。

「ヒースは……ポケットのなかをさぐり、、靴を取り出した」（『カブト虫殺人事件』）とあるところも、服のポケットからテニス靴が出てくるはずはないから、証拠物件を収納する遺留品袋のようなもののことなのでしょうね。

こんな箇所につっこみを入れながら読むのも、翻訳物を読む楽しみの一つかな。

◇ *2008.1.31 (Thu)*

M3・AN

今年は一月十七日が修論締め切り日でした。この日は偉大なる先輩であらせられるSさんがお手伝いのために待機していてくださったのですが、彼女がいなければ私は提出できていなかったと思います。印刷、製本なども全てSさんがやってくださいました。その間に私は未だに要旨が書けていなかったという体たらくだったので、それを必死にやっていたのですが、途中Sさんの命を受けて、既に二日前には修論を提出し終わっていたM2のT君も手伝いにきてくれました。何でも「Sさん曰く、あの子は見張っておかないとちゃんとやらないかもしれないということなので来ました」ですって（笑）。

結局、要旨が書けたのが十八時過ぎ。提出締め切りは十八時半です。ダッシュで日文研に駆け込んだら、既に製本されてきっちりと表紙まで張られたものが出来ておりました。表紙もSさんが書いてくださり、その場にいた近世や現代の人たちにまで手伝ってもらいながら要旨も十三部完成させ、締め切り十分前に無事に提出することが出来ました。

本来なら十七時には閉まる日文研を遅くまで開けてくださった副手さんに、製本などやってくださったSさんを始めとした院生の皆様、そしてギリギリまでご迷惑をおかけしてしまった土方先生など大勢の人間を巻き込みまくってしまいました……。みなさん本当にありがとうございました。本当はあの時日文研の中心で愛を叫びたかったのですが（笑）。

2008.3.8 (Sat)

一昨日は今年度最後の教授会、幸いわがゼミ生はみんな卒業できることを確認して、ほっと胸をなで下ろしました。

夜は、今年度で定年退職する、近世のMさんの送別会。僕は隅っこのほうに陣取って、漢文学のOさんと、研究論文は自己表現であるのかという問題について議論していました。Oさんは、論文も自己表現であるという点で創作と変わらないという立場、僕は、結果的に自己表現の要素を含むことになるのはやむをえないにしても、本来論文に自己表現としての要素は必要ないという立場でやり合いました。

こんな青臭いテーマで小一時間も議論できるほど仲の良い同僚がいることは幸せです。

2008.3.16 (Sun)

一昨年の二十周年の会の余勢をかって催されたゼミの同窓茶話会が、盛況の裡に終わりました。

幸いお天気もよく（花粉は飛んでいたけど）、なごやかでのんびりした、いい雰囲気の会でした。

卒業生の皆さん、お忙しい中お集まりくださってありがとうございました。お茶とケーキで楽しくおしゃべりしているうちに、忘れていた学生時代の空気の匂いを思い出した、みたいな感じを味わっていただけたなら幸いです。

幹事役で尽力してくださったSさん、Nさん、Fさん、後方支援をしてくださったN妹さん、それに受付その他で大活躍だった「たこ焼き娘。」（笑）の皆さん、ありがとうございました。


三月二十七日から二十九日まで、『源氏物語』のシンポジウムで報告するためにパリに滞在。以下はその滞在記です。当時の記録のまま、「である」体にしておきます。

2008.3.26 (Wed)

午後五時頃、シャルル・ド・ゴール空港に到着。ロワッシー・バスという二両編成のリムジンのようなバスで、パリ市内へ。

四十五分ほど走り、モンマルトルの丘を越えてパリ市内へ入ると、六階、七階建ての古い建物が屏風を立て回したように連なる独特の街並みの中を走っている。

バスは中心街のオペラ・ガルニエの近くに到着、そこからメトロでホテルに向かう。

ホテルは、西の外れの住宅街、パッシーにある。三つの棟が合わさって、三角形の中庭があるような、独特の設計。設計というより、パリの古い建物の多くがそうであるように、建物を継ぎ足し継ぎ足ししているうちにそんな形になったというような代物だ。

その三つの棟のうち、ホテルなのは一つだけで、あとの二棟は普通のアパルトマンなので、部屋に落ち着いて窓から中庭を見ると、人が住んでいる家の窓が向かい側に見えたりする。

時差の関係で、あまりおなかがすいていないので、夜は近くのスーパー・マーケットのようなところでパンなどを買い込み、ホテルの部屋ですませる。夜は八時頃まで明るいため、ますます時間の感覚がおかしくなる。

2008.3.27(Thu)

翌日からのシンポの打ち合わせが午後遅めの時間からなので、午前中にルーヴル美術館へ。

メトロの通路でアコーディオンを弾いているおじさんがいる。ショパンの遺作のワルツだが、こういう場所でアコーディオンの音色で聴くと、シャンソンの一節のように聞こえる。パリにいる間、メトロの中でも楽器を演奏している人にずいぶん出くわし

ありきたりですが、セーヌ川です。

た。中には、勝手に車両の中で人形劇みたいなのをおっ始める人もいる。こういうのは、日本では見ない風景だ。

ルーヴルでは、入館前に厳重な手荷物チェックが行われていて、ちょっと感じが悪い。空港に到着した時のチェックも厳重で、イラク戦争によるテロ以降、主な施設ではどこでもこんな感じらしい。

ルーヴルの収蔵品はさすがにすごく、初めのうちは、「きゃー、『モナリザ』よ！」「きゃー、『カナの婚礼』よ！」と、ミーハー的に感動していたのだが、だんだん不愉快になってきている自分に気づく。美術全集に載っているような名作が所狭しと並んでいて、「こんな程度のものでよかったら、なんぼでもありますけど？」みたいな顔をしているところが、しゃくに障るのだ。

ルーヴルは権威主義的だ。

まだ時間に余裕があるので、ホテルへ戻る途中、トロカデロでいったん下車、パッシー墓地を訪れる。この墓地は、パリの墓地の中では小さい方だが、作曲家のフォーレ、ドビュッシーなどが眠っているはずなので、一度訪れてみたかったのだ。案内板がなく、しばらく中をさまよったが、結局見つけることができず、時間の関係もあり断念。

遅めの昼食を食べてから、パリ大学ドーフィン校でシンポの打ち合わせ。

夜は市内に移動して、日本側の歓迎会を兼ねた会食。フランスの日本文学研究の大家、ジャクリーヌ・ピジョーさんにはじめてお目にかかる。七十歳におなりで、髪はきれいな白髪だが、長身のせいか若々しく見える。物静かな、グレーがかった眼の色がやさしい素敵な女性だ。

2008.3.28 (Fri)

シンポジウム第一日目。今回のシンポは、工事などの関係で、一日目と二日目とで会場が変わるという変則的な形。今日の会場は、オルセー美術館に近いイナルコの本部校舎。

到着して、まず建物の風雅なことに驚く。かつて貴族の邸宅だったそうで、十九世紀末から現在のように学校として使用されているという。

エコール・ノルマル・スペリウール

会場に充てられた一室は、天上には絵画が描かれ、シャンデリアが下がっているという、およそ学校とは思えない風情。イナルコの日本センター長アンヌ・バイヤール・サカイの開会の挨拶で、いよいよシンポが始まる。

午前中の第一セッションが終わり、みんなでお昼を食べに外出。報告の数が多いので、時間的な余裕はないはずだが、二時間以上ゆっくりとお昼休みをとるのはフランス流か。

午後の僕の報告はもちろん日本語で話したが、日本語ネイティヴでない聴衆にも聞き取りやすいように、聴解の難しい漢語などはなるべく避け、できるだけ明晰な発音でゆっくりめに話す。なんとか無事に終了。

2008.3.29 (Sat)

シンポ二日目の会場は、カルチエ・ラタンに近いエコール・ノルマル・スペリウールに移る。エコール・ノルマルは高等教育に携わる教員を養成する機関で、「高等師範学校」とでもいうところか。大学ではないのだが、むしろ大学以上にステイタスは高く、錚々たる文学者、哲学者を輩出しているので知られている。

ここも風格がある建物で、会場になった校舎は、教室の上階が寄宿舎になっていて、学生はそこに住むことができるのだそうだ。また上の階には教員用のレジデントもあり、有名な哲学者、ルイ・アルチュセールなどが住んでいたそうだ。

シンポジウムは和やかな雰囲気のうちに無事終了、夜は簡単なレセプションがあったあと、あらためて、今回のシンポには参加していなかった、パリ在住の日本学研究者が何人か加わっての会食。みんな真面目な人たちなので、議論の続きみたいな話があちこちで花咲いている。

夜のパリ市内をぶらぶら散歩して帰る。翌日の午前二時から夏時間になるということなので、帰りのメトロの中で腕時計を一時間進めたせいか、帰り着いたらいきなり夜中になってしまい、なんだか変な気分。

2008.4.2 (Wed)

シンポのあと三日間、パリの学生につきあってもらってあちこち歩き回り、充実した時間を過ごしたが、いよいよ離仏の日が来た。でも夜のフライトなので、夕方まで時間が自由に使える。

見残していたオルセー美術館へ。ここの収蔵品もすばらしい。部屋ごとにカテゴライズされているので見て回りやすい。個人的にはルーヴルより好きだ。

セーヌ川に架かる橋を渡り、チュイルリー公園の中を抜けてオランジュリー美術館へ。ここはモネの睡蓮の間で有名だが、モネだけでなく、やはりすばらしい作品を集めている。こじんまりとしたいい美術館だ。チュイルリー公園の中をぶらぶら散歩する。今日も時折雨がぱらつく天気だが、みんな傘もささずにのんびり散策を楽しんでいる。こっちの人は、少々の雨では傘をささないようだ。空気が乾燥しているのですぐ乾くからかもしれない。

数頭の小さな馬がいる。そのうちの一頭に、幼い子供を乗せようとしている親がいる。メリーゴーラウンドが雨に濡れている。静かな午後だ。

老舗デパート、プランタンで日本へのおみやげを買ってから、またシャトル・バスでド・ゴール空港へ向かう。

帰りは時差の関係で半日損をする計算になるので、日本に着くのは三日の夕方だ。

❑ 2008.4.15 (Tue)

一週間のパリ滞在の疲れが出てぼーっとしているうちに、新年度が始まってしまいました。

すでに最初の教授会も終わり、授業も一回りしました。

まだ履修登録が完了していないので、受講者の人数などははっきりしないのですが、まあ例年通りといった感じです。

四年生は就活まっただ中。さっそく「内定をもらった会社で、ゼミの先輩に出会いました」という報告がありました。社会人の先輩諸君、後輩が行ったらどうぞ親切にしてやってください。

◇ 2008.4.26 (Sat)

M2・EO

新年度初の研究室だよりです。

今年度の大学院の中古専攻の院生は何と、私一人ぼっち！！

専攻は一人でも、ゼミには誰か来てくれるかも……と淡い期待を抱きつつ院ゼミに行ったところ、やっぱり私だけ。

という訳で今年度は先生と二人っきりでお勉強です。毎週発表します。こんなに恵まれた院生生活を送れるとは思ってませんでした（笑）。

2008.4.29 (Tue)

連休前の最後の授業イン相模原。

その数日前に、僕が顧問をやっている某部活の部長がメールで連絡してきて、事務に届ける書類に署名捺印してほしいとのこと。四月中に提出しなければならないのだそうです。今月中はもう渋谷へは行かないので、相模原まで来てもらうことにしました。

四限終了後に合同研究室に来るという約束だったのですが、来ない。

あきらめて帰りかけたら、携帯に電話をしてきて今渕野辺駅に着いたというので、結局大学から駅に向かう途中で落ち合って、往来でハンコをつきました（笑）。

学生諸君、大事な事務手続きは早めに済ませる習慣を身につけましょう。

2008.5.11 (Sun)

「源氏物語と古典文化」という題目の公開講座、一回目の講師を勤めました。大学だけでなく、渋谷区教育委員会の共催なので、はじめに開講式なるものがあり、渋谷区の生涯学習課長氏の挨拶がありで、なにやら物々しい感じでした。

定員二百五十名で募集をしたところ、千名近い応募があったそうで、結局抽選で四百名に受講者を絞ったのだそうです。

会場を見回すと、若い人の顔もちらほら見えましたが、全体にシニアの方が多く、古典文学は生涯学習の対象として人気があるのだなと、あらためて実感しました。

そういう学びたいという意欲に燃えたシニア世代の方に満足していただけるような話ができたかどうか、あんまり自信がないのですが、話のあとで次々に手を挙げて質問をしてくださり、終わって帰ろうとするところを、廊下まで追いかけてきて質問をしてくださった方もありました（おそらく七十代かと思われる、白髪の老紳士でした）。

若い人々ばかりでなく、いくつになっても人間は学びたいという強い意欲を持っているのです。いや、年配の方のほうが、人生経験が長いだけ、学ぶことの大切さをよく知っていて、真剣に何かを得ようとしてこういうところに来てくださるのですね。

その眼差しの真剣さ、純粋さは、七十歳でも八十歳でも衰えることはないようです。

2008.5.24(Sat)

久々に会った友人と昼食をともにしました。子供のころからの長い友人ですが、彼は海外で仕事をしていて、一年に一度ぐらいしか日本へ帰ってこないので、会うのは十年ぶりぐらいだったかもしれません。

いろいろな話に花が咲いたのですが、彼がしきりに日本の子供のことを心配していたのが印象に残りました。

彼はアジア地域を広く飛び回っていて、様々な国の、様々な地域の人々を見て知っています。アジアの生活水準の低い地方の村では、本当に少ない収入で、大勢の子供を養っている、いわゆる「貧乏人の子だくさん」を絵に描いたような家族がたくさんある、「でもそういう所の子供は……」と彼はしばらくことばを探しているふうでしたが、やがて、「幸せなんだよ」と言いました。

食べ物も乏しいし、着るものも少ない、でも肉親に囲まれて何の不安もなくのびのびと育っている子供たちは「幸せ」なんですね。だから小さな子供があまり泣かないのだそうです。

そんな国を見ている彼が、たまに日本へ帰ってきてびっくりするのは、物は豊富にあふれているけれど、なんとなく雰囲気がぎすぎすしていて、「子供の泣き方がきつい」ということなのだそうです。

我々があまり自覚していないけれど、我が国がアジア諸国の中でも突出した「高ストレス社会」になっているとしたら、そのような所で育っていく子供は決して「幸せ」ではないのかもしれません。小さな子供は、のんびり、ゆったりした環境で育ててやりたいものです。

2008.5.29 (Thu)

東大の五月祭で、東大紛争の時の写真を展示し、今の学生の眼からあのころの学生がどう見えるかを問う企画が行われたとニュースで報じられていました。

今の学生にとって、学生が団結し、熱いうねりとなって大学当局に、ひいては既成の社会に向かって異議申し立てをした当時の学生運動はとても新鮮にも映るし、一方では、「別の国の出来事みたいだ」というクールな見方もあったようです。

四十年近く前に学生だった、運動の渦中にあった人たちを招いて講演をしてもらうという企画も行われたそうですが、有意義なことだと思います。

印象的だったのは、そのころの学生、今は六十代のおじさんが、学生運動の意義を問われて、「人間というものは、不正に対して立ち上がるものだということがわかり、人間に対する信頼感を持つことができた。それがその後の人生においても意味のあることだった」と語っていたことばです。

今の学生諸君はどうなのかな？　社会の至るところで不正なことが行われていて、でもそれに対して異議申し立てをしても自分が傷つくだけだから、黙ってその中に入り込んで生きていくのが賢明な生き方だ、みんなそうやって生きているんだ、と多くの若者が思っているとしたら、今の若者は人間に対する信頼をどこで確認できるのでしょうか。

あのころよりも社会は平穏だけれど、もしかすると今の若者のほうが不安なのではないかという気もします。

2008.7.6 (Sun)

恒例の国語教育研究会。

『徒然草』を教材に、古典をどう教えたらいいのか、模索の模様が報告され、様々な意見や、各自の経験などが話し合われました。

なかでも印象的だったのは、今の生徒たちは基本的な語彙が乏しいので、現代語訳そのものが理解できない、現代語訳の解説が必要だ、という話でした。

このあたりになると、日常の生活習慣に関わる問題で、国語科という教科を超えた問題のような気がします。でも、僕らは教師だから、教科の指導を通してそこをなんとかしていく努力をする他はありません。みんながんばって先生をやっています。

2008.7.13 (Sun)

相模原のオープン・キャンパスで、模擬授業をやりました。

朝十時ぐらいに行ったのですが、すでに淵野辺駅から人の波がずっと続いていて、大変な人出でした。オープン・キャンパスは学祭に似た一種のイヴェントと化しているので、受験とは関係なしにのぞきに来る人も多いようです。

このオープン・キャンパスなるものが盛んになっ

たのは十年ぐらい前からで（僕が教員になった頃にはどこの大学でもそんなことはやっていなかった）、それも最初の頃は大学を知ってもらうために会を開いたりヴィデオを流したり、就職課の職員が説明会を開いたりというようなことが主体の行事でした。各学部学科が学科紹介だの模擬授業だのとお店を開いて営業活動めいたことを行うようになったのは、すくなくともうちの大学ではここ五、六年のことだと思います。

それも年を追うごとに回数が増えてきて、教員はお菓子や薬の試供品みたいな四十五分のミニ授業を、一年に何回もやらなければならないことになっています。それで何の手当も出ないのですから、いい加減いやになりますが、やむをえません。

◇ *2008.7.17 (Thu)*

東野圭吾『黒笑小説』がオススメなブラックユーモア好きのM2・EO

昨日は修論中間発表でした。今年は五人。私も発表したのですが、発表中も同期の発表を聞いていても「あー、ちゃんと勉強しときゃ良かった」と後悔ばかり。ほんとに書けるのか？と不安は募るばかりですが、どうにかしなきゃです。

発表後は反省会という名の飲み会に。お仕事終わりのSさんもいらして下さいました。専攻する時代が違って授業もかぶらず…という先輩とも話せた、楽しい飲みでした。

学部生は試験期間に入ったようですが（図書館とPC室混みすぎ！）私は夏休みに入りました。土方先生との二人っきりゼミもお休みです。高田先生に「土方先生どうしちゃったの？」と言われるほど休講がなく（私がギブして休講を願い出てしまいました…）、コマ数の割にハードなゼミもしばしお休みです。

2008.8.3 (Sun)

猛暑が続く中、漫画家の赤塚不二夫さんの訃報に接しました。

赤塚さんは、僕らが子供の頃、週刊マンガ雑誌を夢中で読んでいた頃のアイドルの一人でした。その破天荒なギャグは、世の良識ある大人たちから目の敵にされ、小学校の朝礼で、校長先生がわざわざ「赤塚マンガのまねをしないように」と訓示を垂れるほどでした。

はちゃめちゃなギャグは、やがてナンセンスへと移行し、さらには意味了解不能な、シュールとも言える世界へ突入、そうしてある時期から赤塚さんはマンガを書かなくなりました。マンガを書かなくなっても、いつまで経っても大きな子供みたいな赤塚さんの人柄が、僕は好きでした。

僕は心の中で、赤塚さんに問いかけてみます。

「レレ、あっちへお出かけですかあ? 赤塚先生、ちょっと早すぎるんじゃないですかあ?」

すると、想像の中で、赤塚さんが答えてくれます。

「うんにゃ、これでいいのだ!」

2008.8.6 (Wed)

東京都美術館で始まったフェルメール展に行きました。

真作であることが確実なものは四十点に満たないといわれるフェルメールが一度に六点も七点も集められるのは、世界的にも珍しいことだそうです。実に壮観というか、この上ない眼福でした(それ以外のデルフト派の画家たちの作品も一級品が集められていました)。

展示開始早々だったせいもあり、比較的ゆっくり鑑賞することができましたが、すでに大混雑の気配はあり、係員の配置などは混雑を想定してのものものしいものでした。

複数のフェルメールを同時に見るという希有の体験をしてみて、改めて感じたのは、フェルメールといわれている作品の中にも、フェルメール色が濃い作品と薄い作品とがあるということです。当時の絵画が、多くの場合工房における共同制作だったことを考えれば、フェルメールの署名があっても、すべてを一人で描いたという保証はなく、そこに微妙な性格の違いが出るのは当然なのですが。

2008.9.4 (Thu)

学生諸君と京都へゼミ旅行に行きました。

十四名という大人数で回るのは久しぶりで、効率よくは回れないという難しさはありますが、少人数の集団とはまた違った味わいがあります。

でも、普通に歩道に立ち止まっているだけで通行妨害になるので、地元の人々にはけっこう迷惑なグループだったことは間違いありません（笑）。

前回行ったときのグループは、全部自分たちでお膳立てをして、「先生、しっかりついてきてください」みたいな感じだったのですが、今回の学年は「行くとこ決めてください。ついていきます」という感じだったので、僕が引率するような形になりました。

そのときの学年によって雰囲気が違って、面白いですね。

久しぶりに訪れた宇治の平等院では、以前は普通に拝観料を払って入ればよかったのが、今回は鳳凰堂を見るために改めてお金を払わなければならなくなっていました。しかも少人数のグループに分け、一グループ十五分以内とかいって時間を区切り、マイクで解説を聞かせつつ否応なく入れ替えるシステムに変わっていました。以前はもっとゆったり王朝美術の世界に浸ることができたのに、いまはなんだか管理されているような雰囲気です。

しかもこの日は、数日後に音楽のイヴェントがあるとかで、鳳凰堂の前にステージを設営中。庭内の至るところにも照明その他の器具を設営している真っ最中で、資材は積んであるは、トンカチの音はうるさいはで、なんだか残念な雰囲気でした。

「壁に触れるなとか、結界を越えるなとか、うるさく注意をするくせに、鳳凰堂の真ん前にステージを作らせちゃうんですねえ」と学生が文句を言っていましたが、同感です。

2008.9.9 (Tue)

高校の同窓会のメーリングリストで、国語の村上千秋先生の訃報が届きました。

同じ高校の先生といっても、僕らの学年の担当ではなかったのですが、僕は不思議にご縁がありました。

僕の高校は兵庫県の西宮にある中高一貫教育の男子校で、高校から一クラス五十名ほど外部から補充します。僕はその高校からの入学組だったのですが、中学からの進学組は、授業がだいぶ先に行っているので（数学などは、入学してみたらいきなり高二の三角関数・複素数から始まって、びっくりしました）、入学後しばらく内部進学組に追いつくための補習授業がありました。村上先生は、その補習授業の国語の担当だったのです。余裕を持って授業を進める、力のある先生という印象でした。

村上先生の親友で県立高校の先生をしている方がいて、僕の家族がこの方を昔からよく知っていた関係で、僕が高校に入学したとき、「今度こういう子が君の学校に入学するので、よろしく頼む」と口をきいて下さったらしく、初回の補習授業のあと、村上先生がわざわざ僕の席まで来られて、「わからないことがあったら、何でも訊いてください」と声をかけてくださいました。ずいぶん励まされた気がして、嬉しかったのを憶えています。

村上先生には早稲田に行っているご子息が一人あるという話を、当時耳にしていましたが、僕らが高校を卒業した後、このご子息が小説を書き始め、広く世に知られる作家になりました。いまの村上春樹さんです。

村上先生のお別れの会は京都で催されるそうで、奥様とご子息の春樹さんも出席なさるということですが、東京から行くのは日程的にちょっと無理なので、親切にしてくださった村上先生のご冥福を、蔭ながらお祈りすることにします。

2008.10.3 (Fri)

授業を終えたあと、速攻で東急文化村で開かれているミレイ展を見に行きました。

「美しいのだけれど、精神性がいまいちね」みたいな言い方をされることもあるラファエル前派ですが、生で見ると、やはり心を打たれるものがあります。

夏目漱石が留学中にテート・ギャラリーで見て感心し、『草枕』の中で言及している「オフィーリア」も出ていました。

個人的に興味深かったのは、『白衣の女』『月長石』などの作者、ウィルキー・コリンズの肖像画が見られたこと。長い間作品でしか知らなかった作家の肖像をはじめて見るというのは、新鮮な体験です（デボチン（おでこ）の大きな人でした。笑）。

映画『ハリー・ポッター』のハーマイオニそっくりの少女の肖像もあって、これも面白かった。大変な美少女だけど、あれ、やっぱり古典的なイギリス人の顔なんですね。

2008.10.8 (Wed)

三人の日本人の学者がノーベル物理学賞を受賞しました。

ちまたでは興奮気味の報道が続いていますが、少なくとも第一報の段階では、三人ともに、「昔の仕事について、今さら受賞の感想といわれても」というような醒めた反応でした。

理論物理学のような分野では、論文を書いても、その時点ではあくまでも仮説であって、正しいかどうかはわからない。実験によってその有効性が検証されるまで何十年もかかるというのは、普通の話なのでしょう。

今回の受賞者の業績も、論文としては三十年から五十年も前に書かれたものであり、近年、実験によって正しいことが実証され、先見的なすぐれた業績であったことがわかって評価されるに至った、ということのようです。

受賞者の一人、京大名誉教授の益川敏英氏は、「あれでいいと思っていたから、その後は違う研究の方へシフトしていた。何十年も前の仕事を今さら掘り返されて大騒ぎされても……」というような趣旨のコメントをしていましたが、その気持ちはよく分かります。研究者にとっては、自分の研究が論理的に正しいかどうかが問題なのであって、世間がそれをどう評価するかは二義的な問題にすぎません。まして何十年も前の仕事で、現在の関心がそこにないような業績であったら、「評価されてどんな気持ちですか？」と訊ねられても、自分と関係がないことのように思えてしらけてしまうのでしょう。

基本的に学問と賞とは馴染まないものだと思います。

2008.10.19(Sun)

大学へ行く際、時間がない時は渋谷から銀座線で表参道まで出ますが（実は時間的には大差ないのですが、気分的なもの）、時間の余裕がある時には、渋谷から歩きます。

先日ふと気がつくと、渋谷駅からもとの東急文化会館の脇を通って宮益坂方面へ出る連絡通路の先のお店が、軒並み閉店になってしまっていました。

ガード下をくぐって、突き当たりに山下書店という古くからの本屋さんがあった一角ですが、再開発のためにお店がみんな立ち退いたようです。

明治通りの所は以前からずっと工事が続いているので、あのあたりから宮益坂下あたりにかけての景観が、これから数年のうちにかなり大きく変わるのかもしれません。

道玄坂方面に較べるといまいち地味だった宮益坂側が、今後にぎやかでおしゃれな街に変身するのなら、それは大学にとってても追い風になるはずですが、何十年も変化がなかった風景が急になくなってしまうのは、ちょっぴり寂しいような気もします。

前から気になっているのは、宮益坂を上がってくる途中にある「はかり屋」さん。あのお店はずっと昔からあそこにあった記憶があり、もうずいぶん前からお店は閉まっているみたいですが、いまでも建物と看板はそのままですね。

あれもある日突然消えてなくなっていたりするのかな？

＊追記　ご存じのように、このエリアはその後二〇一二年にヒカリエになりました。

2008.11.6(Thu)

昨日は夕方から某所で講演の仕事がありました。この手の仕事からはできるだけ逃げ回っているのですが、逃げ切れず引き受けた最後の一つです。『源氏物語』の夕霧巻の本文をけっこう丁寧に読んで、原文の魅力を伝えようと試みました。

講演が終了した後、数名のご婦人が嬉しそうに控え室にやってきて、賛辞を呈してくれました。

「先生、声がとてもおよろしくて」って（笑）。

まあ、ほめられないよりはいいですけど。

大学の後輩の、『枕草子』の研究者、F君も聴きに来てくれていて、彼曰く、

「眼鏡の外し方が、秋山先生にそっくりですね」。

哀しいかな、老眼なので、手元の資料を見る時には眼鏡を外さなければ見えず、講演の途中で眼鏡をかけたり外したりするわけですが、その仕草が、我々の共通の恩師である秋山虔先生にそっくりだというのです。別にまねをしているつもりはなく、だいたい眼鏡を外す仕草なんて誰がやっても似たような動きになると思うんだが。

それにしても、こんな感想ばかり聞かされるということは、よほど中身の印象が薄かったということかしら。ぶつぶつ。

2008.11.17 (Mon)

今朝の新聞各紙で報道されましたが、二〇一二年度より、人文科学系・社会科学系の各学部が、一年次から渋谷キャンパス配置になります。

日本文学科でいえば、一年生から四年生まですべての学年が渋谷キャンパスに集約されることになります。厚木開学から四半世紀ぶりに、二年で分断される教育課程が解消されることになるわけです。

厚木や相模原で学んだ記憶のある卒業生の皆さんにも、いろいろ感慨があることでしょう。

ただ、二〇一二年度よりという公約が守られるかどうかはちょっと微妙な気がします。現状のまま一、二年生を受け入れたのでは、文科省が定めた大学設置基準を満たさないので、新校舎の建設を急がなければならないのですが、いま工事が進められているテニスコート跡地に建つ建物だけでは当然全然足りず、引き続いて既存の校舎を次々に建て替えていく必要があります。学食や図書館も、今のままでは機能しないのは明らかです。

つまり、キャンパス全体のリニューアルみたいなことをやらないと、この予定は現実化しない話なのです。あと三年ちょっとで？　うーむ……。
＊追記　二〇一一年三月の東日本大震災の影響もあり、結局一年遅れて二〇一三年度からキャンパス集約が実現しました。

2009.1.1 (Thu)

この一年間に読んだ本の中から、専門書・研究書の類を除いた、純然たる趣味の読書の中で感銘を受けたベスト五冊を記して、年頭のご挨拶に代えたいと思います。

大岡昇平『レイテ戦記』
飛浩隆『ラギッド・ガール』
なべおさみ『病室のシャボン玉ホリデー』
中丸美繪『オーケストラ、それは我なり』
金昌国『ボクらの京城師範附属第二国民学校』

（順不同）

2009.1.23 (Fri)

一月の後半、どうもいつもの年ほど忙しくないと思ったら、卒論やレポートの数が例年より少ないせいのようです。特講の受講者数はそこそこいるのですが、ここ数年の傾向として、四年生が壊滅状態、つまり登録していても殆どレポートが出てこないのです。

講義内容に興味があって受講登録しても、実際には就職活動が忙しくて授業に出てこられないため、レポートが書けないのでしょう。僕の特講は出ていなくても単位が取れるというような科目ではないので、授業に出ていないとレポートの書きようがないわけですね。

卒業要件単位は三年次までに取りきってしまっている人が多いため、いったん履修登録をした科目を棄ててもどうということはないのかもしれませんが、かくして四年次の学習の空洞化が進み、大学の課程は四年制とは名ばかりで、実際には三年間で事実上終わっているというのが近年の傾向です。

それでも日文科は卒論が必修だからまだいいのかもしれません。卒論が必修でない学部学科では、四年生はもう殆ど大学に来なくなっているという話も耳にします。

籍だけ置いておいて、卒業証書をもらう資格を確保するためだけに、保護者の方は年間百万円以上の授業料を支払っていることになります。なんだか悲しくなってきますね。

2009.2.6 (Fri)

学年末の成績をなんとかつけ終わって、ほっとしています。

それにしても、AとかBとかのランクにはあまり意味がないなあと、このごろ強く感じるようになりました。

素点で通知されるのなら、それなりの意味はあると思います。78点なら、「もう少し頑張ればAでした」という教師の側からのメッセージになるからです。

現行のように80点から89点までは等しくAという表示になるというのでは、そういうきめの細かいメッセージ性が消えてしまいます。70点台に近いAと、90点台に近いAとでは、全然違う。どうせおおざっぱなものなら、「合」か「否」のどちらかという評価の仕方でもいいじゃないかという気もします。

しかし、世の中はそれとは逆の方向へ向かいつつあります。大学が全入時代を迎え、入りやすくなってしまっているので、入ってからの評価をなるべく細かく差をつけるようにして品質管理をきちんとすべし、というのが文科省からの通達なのです。

僕らの大学では、まだそれほど個々の教員の評価基準に介入してくるような動きは出ていませんが、たとえば東大の教養学部などでは、もう十年以上も前から「A三割ルール」というのが適用されています。講義科目の受講者のうち、成績Aをつけるのは三割以内に留めなければならない、というルールです。

これは単なる申し合わせのようなものではなく、三割を超えてしまった場合には、なぜそうなったかという理由書を学部長宛に提出しなければならないのだそうですから、かなり厳格なルールです。

確かにこのような評価基準に統一できれば、Aをとったのは必然的に全体の上位三割以内の成績であることを意味するから、ランク付けには外部から見ても意味があることになるでしょう。

もちろん、本当に優秀な受講者が集まってしまった場合にもAは三割に留めなければいけないというのは不合理だとか、三割という数字にどういう根拠があるのかとか、いろいろな問題もあります。

でも、こうした評価基準を導入すれば、人気取りのために全員にAかAAをつけるような不届きな教員がいなくなるというメリットもあります。

たとえわが大学で将来A三割ルールが適用されても、僕の場合は現状とあまり変わらないので、そんなに悩むことはないでしょう。

2009.2.20 (Fri)

大学の合格発表のシーズンです。

先日、ある学生と話していて、受験のことが話題になりました。僕が現役で大学に合格したというと、学生に、

「先生はこれまで挫折を知らない順調な人生を送ってきたから、私たちの気持ちはわからないよ」みたいなことを言われてしまいました。

「そんなことはない。僕だって何度も挫折したし、つらい思いもしてきたんだ」と言っても、彼女は信用できないような顔をしているので、トドメにこう言いました。

僕「天才にだって悩みはあるんだ」

学生「うわあ」

だから私は嫌われる。

冗談はともかく、挫折感、敗北感にうちひしがれることは誰にでもあると思います。

僕はそれを、「失敗した」「挫折した」というようなネガティブなことばに変換して自分の中に定着させないように心がけることが大切だと思うのです。感情的な苦痛は目に見えないものなのに、ことばに置き換えるとまるでそれが事実であるかのように実感されてしまいます。ことばにして自分の中に定着させなければ、肉体的な苦痛と同じように、挫折感や敗北感も一時的なものですむのではないでしょうか。

ましてや、入試で失敗したなんていうのはたいした挫折ではない。上を向いて歩こうぜ。

2009.3.3 (Tue)

先日音楽を聴いていて、不意に「スピーカーを一センチほど後ろに下げたほうがいいんじゃないかな」と思いつきました。

試してみると、結果は良好で、わずかながら定位がよくなったように感じます。

その時に思ったのですが、現代社会では、すぐに問題点が見えるのがよいことであって、改善のポイントになかなか気づかないのは愚鈍さの表れだ、というような感覚が行き渡っているような気がします。

でも、長い間直面していないとわからないことはあるし、すぐ気がつくことと、長い時間をかけて気がつくこととの間には、質の違いがあると思います。

じっくり時間をかけて取り組む感覚や、長い間暖めて発酵するのを待つ姿勢が大切だというのも、根っこのところは同じ問題のように思います。

「すぐに解決する」のばかりがいいことなのではなく、「長い時間をかけて解決する」知恵というものを忘れないようにしたいものです。

2009.3.14 (Sat)

庄司薫の『赤頭巾ちゃん気をつけて』を何十年ぶりかで読み返しました。「何で今さらそんなものを?」というのは、僕なりに理由があるのですが、説明するのは面倒くさいので省略します。

小説の中に、当時の都立日比谷高校の話が出てきます。作者も、主人公の「薫君」も、日比谷高校の出身なので、変わりつつある日比谷高校という文脈で話題になるのですが、この頃までの日比谷高校はこんな感じだったそうです。

試験は年に二回きり、しかも成績発表もないから、全体の中での順位を気にするシステムがない。授業も、先生そっちのけで生徒が勝手な講釈をやっていたりする。クラブ活動がやたらと盛んで、生徒総会なんかは超満員、要するに、「学校中が受験競争なんてまったく忘れたような顔をして、絵に描いたような戦後民主教育の理想を演じていたってわけなのだ」というような雰囲気。これが、当時東大合格者全国一の高校の実態だったのです。

一九六九(昭和四十四)年というのは、大学紛争の影響で、東大の入試が中止になった年ですが、この頃までは、都立高校の中にも、「古き良き教養主義の伝統」みたいなものが生きていたのでしょうね。それと、戦後民主主義の理想みたいなものも。

こうした学校の校風は、学校群制度と、「受験合格を目標に掲げて何が悪い」というような新興私立勢力の挟み撃ちにあって、消滅していきました。いや、それ以前のこととして、「教養に根ざした知的な生き方」に対する敬意が社会の中で薄れていったことが、変化の大きな原因だと思います。

かつては高校生が「受験」などということを口にすること、大学生が「就職」などということをおおっぴらに口にすることは恥ずかしいことでしたが、今では高校生も大学生も何のためらいもなく、「受験」だの「就職」だのを大切な目標のように口にします。

わずか四十年ほどの間に、若者のメンタリティは大きく変わったのですね。

2009.3.22 (Sun)

東京都が、オリンピックの誘致に懸命になっています。

前回の一九六四（昭和三十九）年の東京オリンピックを、現都知事は「すばらしいイヴェントだった」みたいに言っていますが、今朝の新聞で東京生まれの東京育ちのなぎら健壱さんが、「あれは人災だった」とコメントしていました。

前回のオリンピックには、敗戦国日本が世界の一等国に復活？したことを誇示する意味あいがこめられていて、生来の生真面目な国民性も手伝って、たいそう力の入った運営が行われましたが、問題は運営よりも事前のインフラ造りのほうにありました。

オリンピックの開催を前提に、世界の目を意識した都市の再開発が行われ、伝統的な景観は首都高速の下に沈み、汚れつつあった川は蓋をされて暗渠となり、多くの人家は立ち退かされて町が破壊されました。東京という町の景観は、戦時の空襲で焼け野原になる前後よりも、オリンピックの前後のほうが変化が激しかった、という証言がたくさん残されています。経済効果なんていっても、そんなものは一過性のもので、東京でオリンピックをやったからといって日本経済が立ち直るわけでもないでしょう。それによって失われるもののほうが遙かに大きそうです。

というわけで、僕もなぎらさん同様、「オリンピックなんていらない」派なのです。

2009.3.26 (Thu)

昨日は卒業式でした。

日本文学科でも、また百何十名かの学生が社会へと巣立っていきました。

今年の謝恩会では、四年間の学生生活をふり返るスライド・ショーの上映という新機軸が導入されました。

次々に映し出される写真を卒業していくみんなと一緒に眺めていると、日文での四年間を懐かしんでくれているのが伝わってきて、心温まるものがありました。

あいにく雨模様の肌寒い一日でしたが、その程度のことは卒業生にはあまり気にならないみたいですね。

もう十年以上前になりますが、卒業式の日がむやみに寒くて、雪がちらついたときがありました。雪がだんだんひどくなる中を、背中が大きく開いたドレスを着て飛び回っているゼミ生に「寒くない？」と声をかけたら、「高揚しているから平気です！」という弾けるような返事が返ってきましたっけ。

巣立っていくみんなに、明るい未来が待っていますように。

最近読んだ本

○**川村湊『物語の娘』**（講談社）

堀辰雄の『聖家族』『菜穂子』等のヒロインのモデルといわれる片山總子を追跡する。昔から気になっていた人物なので、始めて見る肖像写真なども含めて興味深く読了。

（*2005.7*）

○**柳治男『〈学級〉の歴史学』**（講談社選書メチエ）

同じ年齢の子供を〈学級〉という空間に囲い込み、一斉授業を行ったり、様々な学校行事の単位とするやり方が、今日いかに根拠を失っているかを、教育史的な観点から検証する。教職に就いている人や、教員志望の人にお勧め。問題点の指摘だけで、処方が示されていないのはちょっとつらいが。

（*2005.7*）

○**いかりや長介『だめだこりゃ』**（新潮文庫）

この本だけ読むと著者はいかにもナイスガイに見えるけど、元ＴＢＳプロデューサー居作昌果の『８時だよ！　全員集合伝説』（双葉文庫）を読むと、扱いにくい職人気質のいかりや像が浮かび上がってくる。併読するとなお面白い。

（*2005.8*）

○**村上春樹『意味がなければスイングはない』**（文藝春秋）

『ステレオサウンド』誌に連載していた時から、楽しみに愛読していた（ただし立ち読み。笑）。シューベルトからスガシカオまで、その幅の広さには驚く。でも、僕の好みでは、村上氏はジャズを論じる時が一番鋭いような気がする。スタン・ゲッツを論じた章など、この本の白眉だろう。対象への愛情の深さがにじみ出ている。書名は、デューク・エリントンの名曲「スイングしなけりゃ意味ない

よ」をひっくり返したもの。ちょっと凝りすぎかな。（*2005.12*）

○**リリー・フランキー『東京タワー　オカンとボクと、時々、オトン』**（扶桑社）

名前からのイメージで、もっと斬新な文章を書く人という先入観があったが、意外と古風。笑いあり涙ありで、この作風は殆ど山田洋次監督の世界に近い。でも、オカンに寄せるボクの思慕の情が切ないほど伝わって来て、読後感はさわやか。（*2006.2*）

○**大岡昇平『成城だより』上下**（講談社文芸文庫）

文芸誌に断続的に連載された、日記風のエッセイ。七十歳を過ぎた老文士の旺盛な知的活動と、サブカルチュアにまで関心を抱くみずみずしい好奇心に圧倒される。知性とはどのようなものをいうのか、これを読むと身にしみて分かる。このエッセイの最後の部分を書き上げて、三年ほどで著者は亡くなる。おそらく、大岡昇平は亡くなる直前まで、ここに書かれているような好奇心旺盛な生活を続けたのだろう。（*2006.5*）

○**武満浅香『作曲家・武満徹との日々を語る』**（小学館）

武満徹全集の完結を記念して、また武満没後十年を記念して刊行された、夫人のインタビュー集。この世界的な作曲家が、ほとんど学歴のない人で、音楽も独学に近かったというのは、知識として知ってはいたが、改めて身近な人の回想として読むと驚いてしまう。けんかをしても、武満はすぐに「ごめん」と謝ってしまう。なぜなら、「幸せでないと、作曲ができない」からだといっていたとか、人間武満を知る上で興味深いエピソードがたくさん。（*2006.6*）

○白石雅彦『円谷一　ウルトラQとテレビ映画の時代』（双葉社）

娯楽の中心が映画からテレビに移行しつつある時代に、特撮の神様円谷英二の長男として円谷プロダクションを背負い、激務のため四十一歳で急死した円谷一の初めての評伝。沖縄出身のライター金城哲夫との交流の逸話なども面白いが、一が最初ＴＢＳに入社したことによる、テレビ草創期の知られざる裏話が書かれているのが面白い。

（*2006.12*）

○徳富蘆花『思出の記』

今回再読して強く感じたのは、社会的な視点を持ちながら、この作者が官立学校で教育を受けていないため、官立出身の作家や文筆家とは一線を画する観点から世の中をとらえているのが感じられたこと。田舎から出てきて、立身出世を胸に官立大学で学ぶというのはよくあるパターンだが、私塾、私学で学んだ眼で眺めた社会を描く作品は、意外に少ないように思う。大逆事件が起こったとき、蘆花が一高で判決を批判する過激な講演を行ったのも、そういう経歴と無縁ではないだろう（彼がキリスト者だったということももちろん関係があるが）。明治という時代には、鷗外や漱石のような官立畑で学んだものと、蘆花のような私学畑で学んだものとでは、「国家」というものに対する意識の距離が違っていたのだろう。

（*2007.1*）

○徳田秋声『仮装人物』

秋声は妻と死別したあと、五十歳台も後半になってから、ずっと年の離れた作家志望の若い女性と恋愛事件を起こし、文壇を賑わせた。その女性との長年にわたる交渉を描いた作品群の、これは総決算にあたる長編。

秋声は不思議な作家だ。明治から昭和の十年代まで作品を発表し続け、ゆるぎない大家として待遇されたが、作風は地味で、どの作品もこれといった盛り上がりに欠ける。長い作家歴の間に作風が変化したという感じもしない。ただ、自分の身辺の出来事を淡々とした筆で描いていくだけ。自分の体験を無理に対象化しようともしなければ、意味づけしようともしない。岩野泡鳴などは、自分の頭を指で叩いて、「秋声にはここがない」とまで酷評したという。

しかし、夏目漱石は並々ならぬ好意を示し、『朝日新聞』の文芸欄に推薦しているし、川端康成も、日本の小説は『源氏物語』のあと西鶴へ飛び、西鶴から秋声へ飛ぶとまで言って高く評価している。玄人受けのする作家なのだ。この作品も若い読者には退屈かもしれないけれど、読了後、いわく言い難い余韻が残る。才走った構造分析などてんで受け付けそうにないこのような作品にこそ、日本近代文学の真の独自性が表れているような気もする。

（*2007.3*）

○桂米朝『一芸一談』（ちくま文庫）

桂米朝がホストをつとめる、上方の芸人や芸能関係者との対談集。対談の相手は、寄席芸人はもとより、歌舞伎、浄瑠璃、新内、新劇など多岐に渡るが、それぞれの分野に関する米朝師の造詣の深さ、交際範囲の広さに驚く。続けて読んでいると、米朝師という大変な勉強家の教養を通して、上方の芸能の伝統の厚みがひしひしと伝わってくる。

どの対談も面白いが、なかでも印象に残るのは、松竹新喜劇を背負っていた藤山寛美が、自分たちの商売を水に字を書いているようなものと言い、書いた時は波紋が残るが流れてしまえば消えると述べていることばだ。「わしらはミズスマシみたいなもんでっか」「力尽きたらミズスマシも流されるということだっか」そう述懐している寛美が、この対談の後二ヶ月もたたないうちに急逝することを思うと、芸の世界に生きる人間の孤独さが胸に迫ってくる。

（*2007.5*）

○**中野晴行『謎のマンガ家・酒井七馬伝』**（筑摩書房）

手塚治虫のスピード感あふれる映像的な作画で当時の少年たちに衝撃を与え、戦後マンガ史の出発点となったといわれる『新宝島』。その原案者としてのみ名が残っている酒井七馬の初めての本格的な評伝。

戦後の赤本時代の大阪松屋町周辺の出版事情などは、手塚も書いているし、比較的多くの証言があるが、戦前から戦中にかけての大阪のマンガ界のことはこれまで殆ど知られていなかった。酒井七馬という存在にスポットを当てることで、大阪のマンガ、アニメ、紙芝居などをめぐる事情に通史的な視点から迫った労作だ。

『新宝島』の刊行の際、酒井が手塚の絵に勝手に手を入れ、初版の奥付に自分の名前しかクレジットしなかったことに、若い手塚が怒り、以後二人は袂を分かったと言われてきたが、それが必ずしも事実ではないということも考証されている。貴重な資料や証言にあふれた一作だ。

（*2007.6*）

○**山田一郎『寺田寅彦・妻たちの歳月』**（岩波書店）

寺田寅彦は高名な物理学者で、随筆家としても一家をなした。若い頃は夏目漱石に私淑し、その飾らない人柄を愛されて、『猫』の寒月君や、『三四郎』の野々宮宗八君のモデルになったといわれている人だ。

その寺田は奥さん運の悪い人で、二人の妻と次々に死別、三番目の奥さんとは死ぬまで一緒だったが、関係がぎくしゃくした時期があったといわれている。

この本は一種の評伝だが、夫婦の交流を軸に寺田寅彦という魅力的な人物を描き出そうとしているところが興味深い。描かれている寺田の人生は苦悩に満ちたものだが、著者は寺田やその妻たちと地縁のある人で、郷里（高知）が生んだ先人に対する敬愛の情がにじみ出ているので、読んでいて気持ちがいい。

（*2007.9*）

○三島由紀夫『文化防衛論』（ちくま文庫）

この文章は、三島が自決した直後だったかに読み、猛烈な反発を感じた。久しぶりに読み直してみても、三島の主張は世迷い言としか思えない。ただ、今回感動したのは、後半に付加されている学生たちとのティーチ・インでのやりとりだった。三島の発言にではなく、学生たちの発言に。

大学紛争の時代、早すぎる晩年を迎えていた三島は、いくつかの大学に招かれては講演をし、学生との討論会のようなことをいやがらずにやっていた。どの大学でも、学生たちは自分の思想を懸命に理論化し、天下の三島由紀夫に向かって論争を挑んでいる。そのなかには、入学したばかりの一年生もいる。もちろん未熟な面もあるのだけれど、当時の大学生は、自分たちはもう大人であり、大人としての思想や態度を身につけていなければならないと考えていた。ある意味では背伸びをしているのだが、懸命に自己の考えを主張しようとする学生たちのことばに、僕は感動した。

四十年前の大学生は、確かに今の大学生とは違っていた、そのことを知りたかったら、このティーチ・インを読んでほしい。

（*2007.10*）

○天満ふさこ『「星座」になった人』（新潮社）

芥川龍之介には三人の男児があった。長男の比呂志は昭和を代表する名優になり、三男の也寸志も戦後を代表する作曲家になった。では二男は？　芥川多加志。昭和二十年、ビルマにて戦死。二十二歳。この本は、兄弟と違い歴史に何の足跡も残さなかった薄幸の青年の生涯をたどったもので、調査の仕方も文章もやや素人くさいが、無名の裡に死んだ青年に対する哀惜の念が全編にみなぎっている。写真で見ると、芥川多加志は笑顔の美しい、物静かな印象の青年だ。『星座』は暁星中学時代に同級生と作った同人雑誌の名前で、そこに掲載された詩や小説を新たに掘り起こしたことは、著者の大きな功績だと思う。大きな才能を秘めつつ、若くして戦場に散った青年だが、今や数少なくなった戦友を訪ねあて、兵士としての多加志の面影を拾い集めたのも、著者の熱い思いがあってのことだろう。積極的に現地語を学び、現地の人々に優しく接し続けたため、「芥川マスター」と呼ばれ慕われていたというようなエピソードが忘却の彼方からすくい上げられたことは、もはや知る人も少ない故人に対するせめてもの供養といえる。

(*2007.10*)

○レイ・ブラッドベリ『さよなら僕の夏』（晶文社）

中学生の頃、ブラッドベリに熱中していた。ノスタルジーの作家ブラッドベリ。『十月はたそがれの国』なんか大好きだったなあ。

本作は『たんぽぽのお酒』の続編だそうで、実はずっと前に書き上げられていたのをブラッシュアップして刊行したらしい。『たんぽぽのお酒』も三十六年前！に邦訳が出たとき読んだ。久しぶりに主人公のダグラスと出会って、なつかしかった。彼、まだ少年のままなんだものなあ。

八十七歳のブラッドベリがまだ健在であることは、僕の中で一つの心の支えになっているような気がする。原題のFarewell Summerは花の名前らしいが、美しい名前ですね。

(*2007.12*)

（＊追記　レイ・ブラッドベリは二〇一二年死去した）

○星亮一『山川健次郎の生涯』（ちくま文庫）

山川健次郎は、会津の白虎隊の生き残りで、維新後アメリカで物理学を学び、やがて東京帝国大学の総長まで務める（短期間だが京大の総長も兼任！）、明治を代表する学者、教育者となった人だ。戊辰戦争から五十年近くも経った大正三年に、東宮御学問所評議委員、つまり皇太子（後の昭和天皇）の教育方針を決める指導係の一人に推されたとき、「会津はもはや朝敵ではない……」と言ってはらはらと涙を流したという逸話は、明治の人が何を背負って懸命に学問教育に励んだかを教えてくれる、重い意味を持った話だと思う。

（*2007.12*）

○飛浩隆『ラギッド・ガール』（早川書房）

ヴァーチャルな世界が実体化している未来世界（否、未来ですらないのかもしれない）。視床カードをインサートし、想像的似姿をロードし、転送する、そんな設定の中で、十九世紀ロマン主義に由来する主体や意識を特権化する〈文学〉が見事に相対化される。というか、このあたりから〈文学〉のあり方そのものが変容していく予感がする。

SFはエンタメ系で、〈文学〉じゃないって？　昨今の芥川賞受賞作なんかより、こっちのほうがはるかにインパクトがありますよ。

（*2008.1*）

○レイモンド・チャンドラー『ロング・グッドバイ』（早川書房）

チャンドラーの『長いお別れ』をはじめて読んだのは、中学生の頃だった。今回、村上春樹による新訳が出たので、何十年ぶりかで再読。不思議なもので、タフな私立探偵のはずのフィリップ・マーロウが、村上訳で読むと、村上さんの小説の主人公のような、繊細でちょっと線の細い青年のように感じられる。チャンドラーを論じた九十枚もある長い「あとがき」が秀逸。

（*2008.1*）

○安藤鶴夫『三木助歳時記』（河出文庫）

劇評、演芸評で一家をなした安藤鶴夫が生前こよなく愛した落語家、三代目桂三木助の伝記小説。江戸前の落語家三木助の生涯と人となりを通じて、「あんつるさん」は失われてゆく江戸の風情や気風への限りない愛惜を語る。江戸前とはどのようなもののことをいうのかが、達意の文章を通して伝わってくる。

かつて旺文社文庫に収められていた著作だが、旺文社文庫廃刊とともに永らく入手困難になっていた。旺文社文庫には、そこでしか読めないいい本がたくさん入っていた。こういう形で次々に再刊されることを期待しよう。

（*2008.4*）

○青柳いづみこ『ピアニストは指先で考える』（中央公論新社）

フィギュア・スケートの選手は（スポーツ選手はみなそうだが）、激しい練習するだけでなく、身体に関する解剖学的な知識の上に立って、より高い段階に至るように技術を磨く。またそれだけでもなく、さらには自分のベストの力が出せるようにスケートを選び、微妙な調整を加え、はてはメイクや本番で着る衣装に至るまで、細かい神経を使うという（髪留めがいつもよりほんのわずか重かったためにジャンプに失敗したというような話はよく聞く）。

実はピアニストという人種もまったく同じようなことをやっているのだということが、この本を読むとよくわかる。プロのピアニストは、けっこうあれで体育会系の人種なのだ。しかもピアニストは、自分の楽器を原則として演奏会場へ持っていけないのだから大変だ。そんなピアニストの抱える芸術

家のイメージに反する技術的・身体的・環境的な問題に興味のある方は是非一読を。（2008.7）

○泉麻人『シェーの時代』（文春新書）

副題「「おそ松くん」と昭和こども社会」が正確に内容を伝えている。つまり『サザエさんの時代』の赤塚不二夫ヴァージョンみたいなものだ。著者はほぼ同世代なので、ここに書かれている彼の子供時代の雰囲気は、僕にとっても懐かしい。あとがきに、「もう眠ってから六年になるんですよ」という実娘赤塚りえ子さんのことばが引かれているが、今年の六月にこの本が出た時点では、赤塚氏はまだ存命だった。ご冥福を祈りたい。（2008.11）

○金昌国『ボクらの京城師範附属第二国民学校』（朝日選書）

日本統治下の国民学校へ通い、戦後教育者となった筆者の回想記。朝鮮語の禁止、創氏改名、皇城遙拝など、いわゆる「日帝」時代の学校教育の記録だが、筆者はそれを思想的に批判するのでなく、懐かしい少年時代の想い出として綴っていく。この本の文章には、ほんの少し標準的な日本語文とは違うところがあるが、修正の手を入れなかったのは編集者の見識だと思う。たとえ植民地政策に基づく教育ではあっても、そこでただ一度きりの学校時代を過ごした人にとっては、それはもはや切り捨てることの出来ない人生の一部であり、その人は生涯自分の一部となった日本語とともに生きていくことになる。そういうことを考えさせてくれる貴重な書物である。（2008.11）

最近聴いたディスク

○ラフマニノフ　ピアノ協奏曲第三番（Ph）

マルタ・アルゲリッチ（P）シャイー指揮・ベルリン放送響

ＬＰで持っていたのをＣＤで買い直した。

アルゲリッチ姉御が「行くわよ、ついてきなさい」みたいな感じで疾走し始めるのを、若いシャイーが（当時まだ二十代だったはず）懸命に追いかけていくのが微笑ましい。協奏曲として理想的な形かどうかはやや疑問だが、文句なしに面白い演奏。

カップリングはチャイコフスキーのピアノ協奏曲で、こちらもアルゲリッチの十八番、スリリングな演奏だ。

（*2005.7*）

○ポール・デスモンド　テイク・テン（ＲＣＡ）

ポール・デスモンド（as）とジム・ホール（g）という知的でセンシティブな二人による、ボサノヴァを中心とした涼やかなアルバム。同じメンバーによる「ボッサ・アンティグワ」と併せて、この夏のイチ押し。

（*2005.7*）

○ミエチスラフ・ホルショフスキー、カザルスホール・ライヴ1987（ＲＣＡ）

ホルショフスキー（P）

ホルショフスキー生前唯一の来日時のライヴだが、これはすばらしい演奏だ。当時ピアニストは九十五歳、視力もほとんどなかったそうだが、何の気負いもない、ピュアな演奏を聴いていると、体操競技のような運動能力の競い合いの場となっている昨今のピアノ演奏が根本的に間違った方向に向かっているような気にさせられる。どの曲もすばらしいが、特にモーツァルトとショパンのノクターンが美しい。作品九―二のノクターンは、ショパン十九歳の時の作品だが、このポピュラー名曲のみずみずしい演奏を聴いていると、九十五歳の肉体の中に宿っている十九歳の多感な青年の面影が彷彿とし、胸が熱くなる。

（*2005.8*）

○グロテスクな踊り～一九二〇年代の知られざるバレエ音楽　（DECCA）

表題の通り、一九二〇年代に活躍した、シュレーカー、シュールホフ、ヒンデミットという三人の作曲家の作品集。彼らユダヤ系の同時代作曲家の作品は、第三帝国の成立と共に圧殺され、存在しなかったことにされてしまった。これは久々の蘇演となったディスク。戦後まで生き延びたヒンデミットはともかく、繊細なオーケストレーションで知られるシュレーカーは不遇のうちに没し、シュールホフは一九四二年、ビュルツブルクの強制収容所で死んだ。

これらの作品を聴いていると、第一次世界大戦後、第三帝国の成立までの時期の音楽、文学、絵画、建築などに共通する方向性があることがはっきりわかる。それは、二十世紀の文化が自然な流れの中で獲得しつつあった方向性だったが、ファシズムの時代にめちゃめちゃにされ、戦争が終わって再び文化的な営みが始まった時、それは戦前のそれとはずいぶん趣の違う方向へと流れていった。二十世紀という世紀は、後世、ファシズムの時代を挟んで、前半と後半の文化がまったく断絶している特異な時代として記憶されることになるだろう。

（*2005.11*）

○武満徹　ソプラノとオーケストラのための「環礁」　（DENON）

めったに演奏されない曲で、僕も初めて聴いたけれど、これは美しい音楽だ。

五つに別れたパートのうちの二つはソプラノつきで（詩は大岡信）、精妙に構成されたオーケストラが独特の音世界を紡いでゆく。

きらきらした音たちが、風と光の形をそっとなぞって虚空へ消えていくような、武満にしか書けない音詩の世界。


（2006.1）

○J・S・バッハ　ゴルトベルク変奏曲　（DENON）

高橋悠治（P）

冒頭の主題のアリアからすでに楽譜通りではなく、途中でも装飾音を加えて弾くなど、随所で驚かされる演奏。それは即興的なものではなく、曲の構造から考えてこう弾くべきだという、アナリーゼと結びついた改変と聞こえる。つまり、ピアニストの視点からの演奏ではなく、作曲家の視点からの演奏なのだ。

知的な刺激に満ちた録音だ。


（2006.8）

○J・S・バッハ　無伴奏ヴァイオリン・ソナタとパルティータ　（Vanguard）

ヨゼフ・シゲティ（Vn）

ＬＰ時代からの愛聴盤をＣＤで聴く。

シゲティ（一八九二〜一九七三）はしばしば音が汚いといわれるが、僕はそう感じたことはない。美音で聴かせるタイプでないことは確かだが、強い意志に裏打ちされた音は、鍛え抜かれた鋼のような強さを感じさせる。一音一音、鑿で刻みつけるように大バッハの音楽と格闘し、一台のヴァイオリンで壮大な音の伽藍を構築してゆく。

生涯聴き続けたい大事なディスクだ。


（2006.9）

○ブルックナー　交響曲第九番　（LIVING STAGE）

クナッパーツブッシュ指揮、ミュンヘン・フィル

非公式のライブ録音らしく、一九五八年十月二日ミュンヘンにおける演奏とクレジットされている。音質もそれなりで、聴くに堪えないというほど悪くはないが、多少の辛抱は必要。

このディスクのおもしろさは二点。

まず、ミュンヘン市民に愛されていたこの巨匠の普段着の演奏が聴けること。ステージに登場するなり無造作に指揮棒を振り下ろしたのだろう、拍手が鳴りやまないうちにするすると演奏が始まってしまうし、演奏そのものもよくいえば自然体、悪くいえば相当にアバウト。しかし、外面を取り繕わないものの、音楽そのものはこの人らしいスケールの大きな演奏だ。

もう一つは、これがシャルク改訂版による演奏だということ。シャルク改訂版による九番の演奏は、正規録音では多分一つも出ていないはずだから、これは貴重。シャルク版は、弟子でありながら師匠の芸術をまったく理解していなかったという証拠のような改訂で、そこが面白い。

（*2006.9*）

○ドビュッシー&フォーレ　ピアノ作品集　（ＣＢＳソニー）

アンリエット・ピュイグ＝ロジェ（Ｐ）

これも新譜ではなく、愛聴盤の一つ。

これ見よがしのところのない、ゆったりとした演奏だが、馥郁とした気品が香る名演。

アンリエット・ピュイグ＝ロジェ女史（一九一〇～一九九二）は晩年の十年間ほど、東京芸大の客員教授として招かれ、日本に滞在していた。その間多くの学生を指導すると同時に、招かれれば、小学校や幼稚園のようなところへも出向いて、子供たちの前で演奏していた。

小さい頃、上品なフランスの老婦人のピアノを聴いたことがあるという記憶がある人もいるかもしれない。

（*2006.10*）

○メンデルスゾーン　交響曲第三番「スコットランド」、第四番「イタリア」（DG）

バーンスタイン指揮イスラエル・フィル

メンデルスゾーンは、古くはシューリヒト、近年ではアバドのように淡彩の演奏が多く、事実そういう音楽だと思うのだけれど、この演奏は彩りが濃く、フレーズは情念でふくれあがって大きくうねる。「まるでマーラーを聴いているようだ」と思い、そこで気づいたのだが、メンデルスゾーンは富裕な銀行家の家に生まれ、恵まれたエリートというイメージが強いのだが、マーラーと同じくユダヤ人であった（だからナチスの時代には演奏が禁じられた）。指揮をするバーンスタインもユダヤ人で、オケはイスラエル・フィル。

どうやらこの演奏は演奏者の意図を超えて、メンデルスゾーンの音楽の隠された一面を突いていると見た。

（*2006.12*）

○モーツアルト　ピアノ協奏曲第17番、21番（DG）

ポリーニ（P.&ｃｏｎｄ.）／ウィーン・フィル

珍しいポリーニの弾き振りによるモーツアルト。

不思議な演奏だ。プロの演奏家なら当然誇示するはずの「この曲が手の内に入っています」という身振りをあまりみせず、むしろ知らない曲を初見で弾いているかのような手探り感がある。

かといって、たどたどしいわけではなく、モーツァルトの音楽の持つ形容しがたい美しさの秘密がどこにあるのかと、手探りで確かめつつ譜面をたどっているとでもいった趣なのだ。信仰告白を基盤においた、知的な分析の過程を見せられている、といった印象だ。

そうしたポリーニのコンセプトを理解してか、ウィーン・フィルも、この何千回弾いたかわからない曲に対して、とても初々しい表情で接している。

(*2007.1*)

○ダイナ・シングス・プレヴィン・プレイズ　(キャピトル)
ダイナ・ショア(Vo)、アンドレ・プレヴィン(P)
タイトルの通り、ダイナ・ショアがアンドレ・プレヴィンのピアノをバックにしっとりと歌ったバラード集。
白人女性ジャズ・シンガーとしては、昨年亡くなったアニタ・オデイやクリス・コナー、ジューン・クリスティらが有名で、美貌ゆえ女優としても活躍したローズマリー・クルーニーなどもいるが(俳優ジョージ・クルーニーの叔母さんだそうだ)、ダイナ・ショアはマイ・フェイバリットだ。媚びないけれどスクエアでもなく、しっとりと落ち着いた上品なムードは彼女にしかないもの。プレヴィンのピアノもいい。彼は後にクラシカル音楽の指揮者として成功したけれど、アレンジャー兼ジャズ・マンとしてのほうが才能があったのじゃないかというのが僕の意見。
(*2007.3*)

○フライト・トゥ・デンマーク　(Steeple Chase)
デューク・ジョーダン・トリオ
一九六〇年代の半ばから十年間ぐらいは、ジャズ・ミュージシャンが本当に食えない時代だったらしい。

デューク・ジョーダンはキャリアのあるピアニストだが、この時期サイド・マンとしての仕事もなくなり、とうとうピアノを弾くのをやめて、デパートの配送係やタクシーの運転手をやっていたという。そのうち、ヨーロッパのほうがジャズ・マンが大事にされると聞いて渡欧し、デンマークに住んで細々とライブ活動を続けていた。その彼が久々に帰国して録音したディスクがこれ。亭主は寡黙だが、まともな素材を使ったきちんとした料理を食べさせる定食屋みたいな演奏だ。少ない音の彼方から、純な生真面目さみたいなものが伝わってくる。ほのかな明るさをたたえた'Here's That Rainy Day'が特にすてきだ。

(2007.4)

○デクスター・ゴードン　BITING THE APPLE（Steeple Chase）

デクスター・ゴードン（ts）他

デクスター・ゴードンの深々とした音が好きだ。細々としたことにとらわれない、大人の音楽という姿勢も気に入っている。

彼は映画『ラウンド・ミッドナイト』で、パリに移住して自分自身を取り戻す破滅型のジャズ・マンを演じ、アカデミー賞の候補にノミネートされたこともあるが、そこでの素人っぽい、飄々とした、しかし実に味のある演技も忘れられない。

(2007.5)

○ドビュッシー　前奏曲集、第一集・第二集（MPS）

グルダ（P）

ドイツ＝オーストリア系のピアニストには、ドビュッシーをレパートリーにしていない人が多いが、グルダというウィーン出身のピアニストは、音楽の国境をものともしないしなやかな知性の持ち主だった。これもすばらしい演奏で、ドビュッシーの音楽の革新性を、音構造とソノリティとの両面から描きあげている。クラシカルには珍しい近接マイク中心の録音のせいもあって、旋律線がジャズのインプロビゼーションのような印象を生み出している瞬間もある。

バッハとジャズとの中間点に、ドビュッシーのピアノ音楽を置いてみた、とでもいった趣だ。

（2007.6）

○マーラー　交響曲第二番　（DG）

クーベリック指揮バイエルン放送交響楽団

音楽と誠実に向き合った、いい演奏だ。四十年近く前の録音なので、現代風の解釈が全面に出た演奏ではなく、ワルターやバーンスタインのようなユダヤ人としての共感がベースにある演奏でもない。指揮者がチェコの出身だからか、ボヘミヤの民謡風の旋律への共感が強いように感じられるのは面白い。オケも独唱もうまい。終楽章の合唱は、下手をすると絶叫調になる危険があるのだが、ここではまるで宗教曲のように深い精神性をもって歌われており、はじめて耳にするタイプの解釈だ。

（2007.7）

○バート・バカラック　リヴィング・トゥゲザー　（A&M）

バカラック&オーケストラ

タワレコを冷やかしていたら懐かしいディスクがCD化されていたので、つい買ってしまった。一九七三年のミュージカル『失われた地平線』の挿入曲が半分ぐらいの、なかばサウンド・トラック的なディスクで、LPレコードは出た当時買って、まだ家のどこかにあるはずだけれど、何十年も聴き直していない。久しぶりに聴いて、懐かしかった。「アイ・カム・トゥ・ユー」というナンバーをシシー・ヒューストンという歌手が歌っていて、「無名だが、歌がうまくて有望な新人」と当時いわれていたと記憶しているのだが、今回のライナーを読んだら、ホイットニー・ヒューストンのお母さんだそうだ。時代を感じるね。

（*2007.7*）

○ドビュッシー　前奏曲集第二集・子供の領分　（CAMERATA）

遠山慶子（P）

コルトーの愛弟子だった遠山慶子の弾くドビュッシーは、気品にあふれている。テンポは遅めで、デュナーミクの幅も大きくはない。これ見よがしなところは少しもないのに、味わいは深い。コンクールで話題になるような若い人の演奏とは対極にある、大人の音楽だ。ピアノの音も玲瓏として実に美しい。遠山邸で録音された『前奏曲集』はベヒシュタインが、ウィーンで録音された『子供の領分』はベーゼンドルファーが使用されていて（こういうデータが明記されているのはありがたい）、音色が異なる。近年では、プロのピアニストは大半が「音が立つ」シュタインウェイの楽器を使用するけれど、遠山慶子には「音が立つ」シュタインウェイは必要ではなかった、ということだろう。

（*2007.8*）

○ミリー・ヴァーノン　イントロデューシング　（STORYVILLE）

ミリー・ヴァーノン（Vo）他

ミリー・ヴァーノンはあまり知られていない女性シンガーで、タイトルからしてこれがデビュー盤かと思われるが、このあとレコーディングが続いたという話も聞かない。僕もはじめて聴いた。

そんな人の、いわばレア盤なのだけれど、最近けっこう売れているようだ。なぜかというと、故向田邦子がエッセイの中でこのディスクを話題にしていて、向田邦子の愛聴盤を聴きたいという人が多いためらしい。聴いてみると、レイジーな大人のムードで、確かになかなかいい。

向田は、この盤の中の「スプリング・イズ・ヒア」（ロジャース＝ハートの名曲だ）が水羊羹を食べるときにいいと言い、「冷たいような、甘いような、けだるいような、生ぬくいような歌は、水羊羹にぴったりのように思えます」と書いているが、「冷たいような」以下の形容はぴったりとしても、水羊羹ねえ。うーむ……。

それにしても、筋金入りのジャズ・ファンだったとは聞かない向田邦子は、どうしてこのレアなディスクを知っていたのだろう。誰かにプレゼントでもされたのかしら。

（*2007.10*）

◯レスター・ヤング・ウィズ・オスカー・ピーターソン・トリオ　（NORGRAN）

レスター・ヤング（ts）、オスカー・ピーターソン（p）他

レスター・ヤングのテナーは肩の力が抜けていて、カジュアルで温かい。オスカー・ピーターソンはこの大先輩に敬意を表してか、充実したフレージングながら控えめな演奏。なにしろこれは、先日八十二歳だかで亡くなったオスカーの二十代の演奏なのだ（一九五二年録音）。

オスカー・ピーターソンは演奏史上に残る屈指のテクニシャンだが、あまりに明るく蔭がないので、僕は苦手な方だった。でも亡くなってみると、改めて大きな存在だったことに気づかされる。

数年前、ブルーノート東京でライヴを聴いたのが最後になったが、ステージの袖までは車椅子で運ばれてきたオスカーが、ピアノの前に座ると、いつものように口元に微笑みを浮かべながら、ピアノを弾くのが楽しくてたまらないという風情で弾きはじめた姿が懐かしい。

（*2007.12*）

○**ブラームス　ピアノ協奏曲第二番**　(DECCA)

バックハウス(P)　ベーム指揮、ウィーン・フィル

長年の愛聴盤。四十年以上も前の録音だが、今でもこの曲の最上の演奏と信じる。

今回、高音質のSHM-CD盤で聴き直してみて、多くの新たな発見があった。重厚な、巨匠風の演奏であることは旧盤でも一聴して明らかだが、鮮明な音で浮かび上がってきたのは、バックハウスの気迫と、それにぴたりと追随するベームの情熱だ。録音当時、バックハウス八十二歳、ベーム七十三歳、この二人の老人の気迫にあおられて、遙かに年下のメンバーで構成されているはずのオーケストラが燃え上がっているのが手に取るようにわかる。

(*2008.6*)

○**ニアネス・オブ・ユー**　(JAZZLAND)

レッド・ガーランド・トリオ

レッド・ガーランドは派手さはないが、落ち着いた、いい音楽をやる人だ。スタンダードなバラード中心のこのようなディスクでは、ひときわその良さが引き立つ。

一日の仕事が終わった後、静かにグラスでも傾けながら聴きたい、大人の音楽。

(*2008.6*)

○**プリシラ・ラヴズ・ビリー**　(MUZAK)

プリシラ・パリス(Vo)、ジミー・ロウルズ(P)他

出張で泊まったホテルの夜、退屈しのぎにバー・ラウンジに寄ったら、小さなステージで女の子がうたっていた。顔もかわいいし、歌も悪くない。でも無名で、これからも有名になることはないだろうという雰囲気の彼女。そんな彼女のハスキーな歌声を聴きながら、しみじみとした気分になる。……

みたいな、マイナー感がたまらなくいい（以上、イメージ映像でした）。タイトルはビリー・ホリディへのトリビュート・アルバムだからで、彼氏の名前にあらず。（2008.7）

○カプースチン・ピアノ作品集（NAXOS）
サーモン（P）

カプースチンは変な人だ。モスクワ音楽院で作曲とピアノを学び、自身も凄腕のピアニストだそうだが、作曲家としてはクラシカルの骨格にジャズのイディオムを持ち込み、聴感上もジャズっぽい音楽を書く。

ただし、ジャズならインプロヴィゼーション（即興）で演奏するところを、全部楽譜化してしまうらしく、従って譜面づらはとても複雑なものになっているらしい。ある意味ではアメリカナイズされた音楽なのだが、都会的な憂愁を感じさせて、なかなかいい。この作曲家、もう七十代も後半のはずだが、旧ソ連時代にはどこでどういう生き方をしていたのか、そっちの方に興味がある。（2008.7）

○モーツァルト　弦楽四重奏曲第一七番、一四番（Aliare）
クイケンＳＱ

古楽器による演奏。古楽器といっても、ヴァイオリン属は、楽器の構造としては一七世紀頃に完成域に達しているので、モーツァルトの時代といっても、楽器は現代のものと基本的に変わらない。違いは、弦の素材とそれによる張力の差、それに奏法の違いだ（最近では、弦にヴィブラートをかけるという奏法は、二十世紀に入ったからのものだという説が定着しつつあるらしい）。

現代の弦ほど強い音ではないが、その代わりに倍音成分に富んだ柔らかな音はとても魅力的。いわば古雅な趣があるのだが、そういう古楽器での演奏のほうが、モーツアルトの音楽の革新的な性格がむしろよくわかるのが面白い。

（*2008.8*）

○アイヴズ　交響曲「アメリカの祭日」、ニュー・イングランドの三つの場所　（ＲＣＡ）

オーマンディ指揮、フィラデルフィアＯ

濃い霧の中から、南北戦争当時に歌われていた俗謡や、軍楽や、賛美歌の断片が、浮かび上がってはまた遠ざかってゆく。それらは調性もまちまちなので、混沌とした響きが融合し、聴いているうちに、夢の中をさまよっているような気分になる。まるで内田百閒の『冥途』のようだ。

アメリカ人が抱くノスタルジアというのは、要するにこういう心象風景のものなのだろう。その意味では、ディズニーランドにも通じるものがある。

（*2008.8*）

○アントニオ・カルロス・ジョビン　イネーヂト　（KING）

ジョビン（Ｐ）他

ボサノヴァは南米のサンバなどにルーツを持つ音楽だが、一九六〇年頃から欧米の多くのミュージシャンが取り上げ、流行した。しかし、ボサノヴァの生みの親の一人とも言えるジョビンは、「いま流行している音楽は、本当のボサノヴァじゃない」という違和感をずっと抱き続けていたのではないだろうか。ジョビンにとって、ボサノヴァとはあくまでも、彼が生まれ育ったリオとその周辺の風土に根ざした音楽であり、都会風に洗練されすぎたり、おしゃれに飾り立てられたりした音楽が、ボサノヴァの名の下に流通するのは耐え難いことだったのかもしれない。

このディスクは、ジョビンが晩年にファミリーと録音したプライヴェート盤に近いものだそうだが、これを聴くと、彼がイメージしていたボサノヴァがどういう音楽だったのかがよくわかる。あくまでもシンプルで、透明で、そして真っ青に晴れ渡った空のようにどこか哀しくて……。ジョビンのボサノヴァとは、そういう音楽だった。

（*2008.9*）

あとがき

この本の由来は、「まえがきに代えて」に記した通りです。これらの文章をネット上にアップすることで満足していましたが、青簡舎の大貫祥子社長にお見せしたところ、「これは絶対に活字にするべきです」というありがたいおことばをいただきました。

だいたいエッセイ的な本は老大家が出すものと思っていましたから、いちおうデータをお渡ししたあとも二の足を踏む気持ちが強かったのですが、大貫さんは涼しい顔で、すいすい形にしてくださいました（どんな大変な仕事でも涼しい顔でいつのまにかやってのけるお人です）。

いちいち資料を調べたりせずほとんど記憶に頼って書いているため、いろいろと間違いもあると思われます。このたび本にするにあたり可能な限りデータを確認したりしましたが、まだ誤りが含まれているかもしれません。そのあたりは大目にみていただき、こんな形で学生とまた卒業生と交流している教師もいるという一例として気軽に手に取っていただければ幸いです。

二〇一六年二月

著　者

土方　洋一（ひじかた　よういち）

1954年生まれ。
現在、青山学院大学教授。
専攻は、平安文学および物語論。

研究室は今日も上天気
卒業生と作るホームページ

二〇一六年三月一九日　初版第一刷発行

著　者　土方洋一
発行者　大貫祥子
発行所　株式会社青簡舎
〒一〇一-〇〇五一
東京都千代田区神田神保町二-一四
電　話　〇三-五二一三-四八八一
振　替　〇〇一七〇-九-四六五四五二
装　幀　水橋真奈美（ヒロ工房）
印刷・製本　株式会社太平印刷社

ISBN978-4-903996-92-9 C1095